UNE ÉTUDE DE
BONHEUR D'OCCASION

DU MÊME AUTEUR

Privilèges de l'ombre, poèmes, Montréal, l'Hexagone, 1961.

Nouvelles (en collaboration avec Jacques Brault et André Major), Montréal, Cahiers de l'A.G.E.U.M., 1963.

Délit contre délit, poèmes, Montréal, Presses de l'A.G.E.U.M., 1965.

Adéodat I, roman, Montréal, Éditions du Jour, 1973.

Hugo : Amour / crime / révolution, essai, Montréal, Presses de l'Université de Montréal, 1974.

L'Instance critique, essais, Montréal, Leméac, 1974.

La Littérature et le reste, essai (en collaboration avec Gilles Marcotte), Montréal, Quinze, 1980.

L'Évasion tragique, essai sur les romans d'André Langevin, Montréal, Hurtubise HMH, 1985.

La Visée critique, essais, Montréal, Boréal, 1988.

Les Matins nus, le vent, poèmes, Laval, Trois, 1989.

Dans les chances de l'air, poèmes, Montréal, l'Hexagone, 1990.

Particulièrement la vie change, poèmes, Saint-Lambert, le Noroît, 1990.

La Croix du Nord, novella, Montréal, XYZ éditeur, 1991.

L'Esprit ailleurs, nouvelles, Montréal, XYZ éditeur, 1992.

Le Singulier pluriel, essais, Montréal, l'Hexagone, 1992.

La Vie aux trousses, roman, Montréal, XYZ éditeur, 1993.

La Grande Langue, éloge de l'anglais, essai-fiction, Montréal, XYZ éditeur, 1993.

Delà, poèmes, Montréal, l'Hexagone, 1994.

Tableau du poème. La poésie québécoise des années 80, essai, Montréal, XYZ éditeur, 1994.

Fièvres blanches, novella, Montréal, XYZ éditeur, 1994.

Roman et énumération. De Flaubert à Perec, essai, Montréal, « Paragraphes », Études françaises, Université de Montréal, 1996.

Adèle intime, roman, Montréal, XYZ éditeur, 1996.

Les Épervières, roman, Montréal, XYZ éditeur, 1996.

Le Maître Rêveur, roman, Montréal, XYZ éditeur, 1997.

André Brochu

UNE ÉTUDE DE BONHEUR D'OCCASION

de Gabrielle Roy

Collection dirigée par Lise Gauvin et Monique LaRue

Boréal

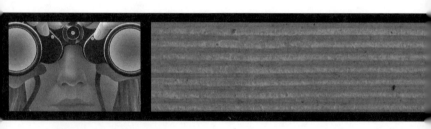

Les Éditions du Boréal remercient le Conseil des Arts du Canada ainsi que le ministère du Patrimoine canadien et la SODEC pour leur soutien financier.

Conception graphique : Devant le jardin de Bertuch.

Illustration de la couverture : Colville, A. : *Vers l'île du Prince-Édouard* (# 14954) Détail © MBAC.

© 1998 Les Éditions du Boréal
Dépôt légal : 3e trimestre 1998
Bibliothèque nationale du Québec

Diffusion au Canada : Dimedia
Diffusion et distribution en Europe : Les Éditions du Seuil

Données de catalogage avant publication (Canada)
Brochu, André, 1942-
    Une étude de Bonheur d'occasion
    (Classiques québécois expliqués ; 7)
    Comprend des réf. bibliogr.
    ISBN 2-89052-906-1
    1. Roy, Gabrielle, 1909-1983. Bonheur d'occasion. 2. Roy, Gabrielle, 1909-1983 - Critique et interprétation. I. Titre. II. Collection.

PS8535.O95B63	1998a	C843'.54	C98-940879-5
PS9535.O95B63	1998a		
PQ3919.R69B63	1998a		

ACCÈS À L'OEUVRE

L'AUTEURE

De Saint-Boniface à Montréal

1909   Gabrielle Roy est née à Saint-Boniface, petite commu-
nauté francophone du Manitoba, le 22 mars 1909. Elle est
la fille de Mélina (Landry) Roy (1867-1943), dont le pré-
nom véritable est Émélie, et de Léon Roy (1850-1927),
agent colonisateur pour le gouvernement canadien. Celle
qui va devenir l'un des grands auteurs de la littérature
québécoise fait courageusement son apprentissage de la
dualité canadienne dans les institutions d'enseignement
de sa province. Heureusement, le dur combat francophone, qui sera évoqué dans l'autobiographie intitulée *La
Détresse et l'Enchantement,* le combat contre la misère
matérielle également, au sein d'une famille nombreuse
aux revenus trop modestes où Gabrielle occupe la place de
la petite dernière, choyée et en même temps quelque peu
isolée, n'empêchent ni la communion avec la magie des
prairies ni le développement d'un sentiment communau-
taire à forte coloration pluriethnique. Ces thèmes feront
surface dans l'œuvre de la maturité et y acquerront une
importance de plus en plus grande.

1929-1937   Dans la vingtaine, Gabrielle Roy gagne sa vie comme insti-
tutrice (on trouve d'admirables échos de cette période de
son existence dans *La Petite Poule d'Eau* et, surtout, dans
Ces enfants de ma vie), et elle fait partie d'une troupe de
théâtre, le Cercle Molière, avec laquelle elle part fréquemment en tournée. C'est pour étudier l'art dramatique que,
en 1937, elle quitte sa province natale et s'envole vers l'Europe.

1937-1947 Elle séjourne en Angleterre puis en France, où elle commence à écrire, et revient au pays juste avant que n'éclate la guerre de 1939-1945. Elle s'installe alors à Montréal et y exerce la profession de journaliste, écrivant des reportages pour des magazines. Mais elle observe surtout la vie sociale du quartier Saint-Henri, dont elle fait la matière de son premier roman, *Bonheur d'occasion* (1945). Le livre, ample fresque sociale, fait tout de suite grand bruit au Québec, puis en France (la romancière y reçoit l'un des grands prix littéraires, le prix Femina, en 1947) et aux États-Unis où, primé par la Literary Guild of America, il connaît une immense diffusion. Après les remous causés dans la presse locale par la représentation sans fard de la misère d'un quartier de Montréal, les honneurs venant de l'étranger s'accumulent et Gabrielle Roy est rapidement projetée au sommet de la gloire littéraire. Sa réception à la Société royale du Canada, en 1947, vient couronner cette reconnaissance.

Quand l'œuvre devient la vie (et l'inverse)

Après son mariage (en 1947) avec le Dr Marcel Carbotte, lui aussi de Saint-Boniface, et un deuxième séjour en France, Gabrielle revient s'établir au pays, d'abord à Montréal (1950) puis à Québec (1952), où elle vivra jusqu'à sa mort, en 1983. Depuis 1956, elle passe ses étés à Petite-Rivière-Saint-François, en Charlevoix. Les grands événements de sa vie publique coïncident avec la rédaction et la parution de ses livres, souvent récompensés par des prix et des distinctions.

Les principaux titres qui composent l'œuvre de Gabrielle Roy sont les suivants :

1945 *Bonheur d'occasion,* roman[*]

---

[*] Toutes nos citations de *Bonheur d'occasion* renvoient à l'édition de 1993 (Montréal, Boréal, coll. « Boréal compact », 413 p.).

Comme on le constate aisément, les premiers ouvrages sont, ou du moins se donnent pour des romans, et la suite fait une place de plus en plus grande aux recueils de nouvelles (souvent fortement autobiographiques), pour aboutir enfin à l'autobiographie au sens strict. Le roman le plus vaste et le plus axé sur la représentation d'un milieu social est le premier, *Bonheur d'occasion*, que toute la critique considère comme un des sommets de l'œuvre; sommet qui n'aurait pas été dépassé si, après le long apprivoisement d'une forme de narration plus intime, Gabrielle Roy n'avait retrouvé tout l'éclat de son inspiration dans les évocations merveilleuses de *Ces enfants de ma vie*, de *De quoi t'ennuies-tu, Éveline?* (signalons que François Ricard a prêté son concours à la rédaction finale de ce récit) et de *La Détresse et l'Enchantement*.

L'unique « vrai » roman

Si l'on examine bien cette succession de livres, on se rend compte que *Bonheur d'occasion* accomplit seul dans sa plénitude le genre romanesque, par la transposition qu'y fait Gabrielle Roy de ses préoccupations en situations et en cheminements à la fois fictifs et objectifs, où une véritable polyphonie de thèmes et de points de vue narratifs se donne à lire. *La Petite Poule d'Eau*, qui a l'ampleur d'un roman et qui s'annonce comme tel, est en réalité composé de trois nouvelles, de longueur variable; et *Alexandre Chenevert*, malgré ses vastes dimensions et le caractère articulé du propos narratif, est presque constamment focalisé sur le personnage principal, comme le serait une nouvelle. Ce beau roman, qui n'est certes pas dépourvu de résonances sociologiques, est surtout le tableau d'une intériorité, et sa fidélité au point de vue du personnage éponyme institue un monologisme contraire à ce dialogisme (ou affirmation plurielle de visions du monde en conflit) qui, d'après Mikhaïl Bakhtine, correspond le mieux au genre romanesque. On peut faire la même remarque au sujet de *La Montagne secrète* et de *La Rivière sans repos* (précédé de *Nouvelles esquimaudes*). Sans doute les recueils de nouvelles, en revanche, sont-ils souvent fortement composés, au point de se rapprocher de la forme romanesque. Tel est le cas, en particulier, de *La Petite Poule d'Eau*, de *Rue Deschambault* et de *Ces enfants de ma vie*; mais l'unité d'action, qui pourrait fonder le dialogisme, leur fait défaut.

Pour comprendre le passage, apparemment problématique (et qui a déconcerté longtemps la critique), de *Bonheur d'occasion* au reste de l'œuvre, et en particulier la disparition de cette formule romanesque que Gilles Marcotte rattachera au « grand réalisme » tel que défini par Georg Lukács, il faut faire état d'un important projet de roman, révélé par François Ricard, auquel Gabrielle Roy a travaillé sans succès notamment en 1947 et en 1948, c'est-à-dire tout de suite après *Bonheur d'occasion*. Cette vaste fresque inachevée et anonyme, à laquelle le critique donne le titre de *La Saga d'Éveline* (nom de la mère dans plusieurs récits semi-autobiographiques ; le vrai nom de la mère de l'auteur, on l'a vu, est Mélina [ou Émélie] Roy), raconte en la transposant l'histoire des parents de Gabrielle Roy et d'autres immigrants du Québec qui se sont établis au Manitoba au début du XXe siècle. Plusieurs des nouvelles semi-autobiographiques mentionnées plus haut, surtout celles qui sont le plus centrées sur la figure maternelle, *La Route d'Altamont* et *De quoi t'ennuies-tu, Éveline ?*, dérivent plus ou moins directement du projet abandonné — roman *impossible* dont l'échec ouvre douloureusement la voie à des récits marqués au coin d'une intériorité beaucoup plus poussée que celle que l'on trouve dans *Bonheur d'occasion*. Cette intériorité, avec des caractéristiques bien personnelles, rejoint celle de nombreux écrivains québécois de la même génération (ou presque), de Robert Charbonneau à Anne Hébert, en passant par Françoise Loranger, Robert Élie, Jean Simard, Réal Benoît et Jean Filiatrault.

Le roman et la vie

L'effort de transposition et d'objectivité fait par Gabrielle Roy dans *Bonheur d'occasion* rend difficile, et surtout peu utile, la recherche de liens entre ses personnages et elle-même. On a pu souligner la parenté entre l'enfant choyée mais devant faire face aux rigueurs d'une existence plus que modeste, sans doute désireuse d'échapper à son milieu, et Florentine qui vient en aide à sa famille, seconde sa mère autant qu'elle le peut, tout en rêvant d'une vie plus gratifiante. (Les situations de Mélina Roy et de Rose-Anna Lacasse, au gouvernail de la famille sur une mer de détresse matérielle, présentent d'incontestables ressemblances, malgré la différence des caractères.)

Rappelons toutefois que Florentine est l'aînée de la famille alors que Gabrielle était la benjamine, donc soustraite aux responsabilités qui incombaient aux frères et sœurs aînés ; et que le sombre Léon Roy, rongé par l'amertume et la vieillesse, est bien différent du doux rêveur Azarius, qui semble plus jeune que son âge. Par ailleurs Saint-Henri, malgré sa position périphérique par rapport à la grande ville, n'est pas directement superposable à Saint-Boniface, banlieue francophone et modeste de Winnipeg. En filigrane de son récit, Gabrielle Roy, comme tout écrivain, a sans doute parlé d'elle-même, mais l'univers de significations qu'elle déploie dans son livre a une portée beaucoup plus étendue et concerne la réalité humaine dans son ensemble, telle qu'elle se manifeste à travers tout un ensemble de destinées individuelles et collectives.

Une biographie exemplaire

On trouve encore peu de grandes biographies d'écrivain, dans notre littérature. Une exception notable existe toutefois, précisément dans le cas qui nous intéresse. En 1996, François Ricard publiait son monumental *Gabrielle Roy. Une vie* : plus de six cents pages touffues consacrées à l'auteure de *Bonheur d'occasion* et de *La Détresse et l'Enchantement*. La qualité de l'information et de l'analyse ne le cède en rien à leur quantité. Quiconque voudra connaître à fond une période de la vie de Gabrielle Roy, ou se familiariser avec l'ensemble des circonstances de sa production littéraire, se reportera avec le plus grand profit à cet ouvrage.

Application

- Dominique Combe définit succinctement le roman comme un genre distinct de *la nouvelle, du conte et du récit par son ampleur, mais aussi par la complexité de son « intrigue » et de sa structure, le nombre de ses personnages, l'élaboration de son décor et de son cadre*[*]. Illustrez les différents aspects qui font de *Bonheur d'occasion* un authentique roman : dimension du texte, composition, diversité des personnages et de leurs relations, description élaborée des lieux, du milieu social…

---

[*] Dominique Combe, *Les Genres littéraires,* Paris, Hachette, 1992, p. 14.

Un roman de la ville

L'art du roman ne se développe pas, au sein d'une littérature, aussi rapidement que celui de la poésie, et cela pour de nombreuses raisons. L'une d'elles est certainement que la représentation romanesque suppose, de la part de l'écrivain et du groupe auquel il appartient, une maîtrise poussée des réalités, tant intérieures qu'extérieures. Or, les Québécois, pour des raisons historiques, ont été longtemps tenus à l'écart du réel : d'eux-mêmes, du monde, de la culture qui permet de comprendre et de transformer le rapport à soi et aux autres. La religion tenait lieu de système de pensée, et les villes restaient un horizon prohibé. Il faudra la constitution d'un prolétariat urbain francophone pour qu'une littérature de la ville fasse son apparition. À Québec, Roger Lemelin publie *Au pied de la pente douce* en 1944. Un an plus tard, *Bonheur d'occasion* paraît à Montréal.

Formidable coup de cymbales, en vérité ! L'œuvre représente un seuil nouveau franchi dans notre roman, par son ampleur et la rigueur de son discours narratif, la richesse de son contenu, le sérieux et l'originalité de la vision du monde qu'elle exprime. Avant elle, il y avait eu des réussites considérables, comme *Trente Arpents,* de Ringuet (1938), qui peignait la civilisation paysanne sur son déclin avec également beaucoup d'ampleur et de rigueur narrative. Mais le roman de Gabrielle Roy jette un éclairage puissant sur le présent et sur l'avenir, et il concerne l'homme d'aujourd'hui, asservi dans son existence quotidienne par des puissances qu'il ne comprend pas. Tout se passe comme si, après un siècle de balbutiements littéraires et de littérature le plus souvent édifiante, où l'on entrevoit toutefois quelques réussites indéniables, notre roman rejoignait enfin la « grande » littérature, celle des auteurs français célèbres de la première moitié du siècle (on pense à un Georges Duhamel, aujourd'hui tombé dans l'oubli) ou, encore, des romanciers russes de l'école réaliste (Tchekhov).

Un roman « athée »

Michel Tremblay, dans *Un ange cornu avec des ailes de tôle,* raconte sa découverte du roman qu'il qualifie d'«*athée*» (c'est lui qui souligne), à cause de la vision désespérée qui s'y exprime :

> Je regardais de plus près, je scrutais les longues descriptions des états d'âme des personnages : Rose-Anna Lacasse qui donnait naissance à un bébé le jour du mariage de sa fille tout en s'abîmant dans la douleur de la perte prochaine de son Daniel, huit ans, qui se mourait lentement de leucémie ; Florentine qui épousait Emmanuel Létourneau sans dire qu'elle ne pourrait jamais l'aimer et qu'elle était enceinte de Jean Lévesque ; Azarius Lacasse qui, à trente-neuf ans, entrait dans l'armée pour que sa famille puisse manger, et je me disais : « C'est ça, la vie, la vraie vie, y'a pas d'explications à l'injustice ni de solution ! Le bon Dieu ne va pas apparaître comme Superman pour sauver tout le monde, ces personnages-là sont perdus* ! »

Tous les lecteurs de l'époque ne furent sans doute pas sensibles à cette dimension métaphysique du texte, mais le choc fut très grand car on se sentit profondément concerné par cette peinture sans précédent d'un quartier urbain défavorisé, à travers laquelle s'exprimaient les désarrois immenses et les pauvres chances du peuple québécois, sur fond d'une histoire qui était celle même de l'Occident en proie aux terribles dévastations de la guerre.

Par son roman, Gabrielle Roy faisait donc entrer d'un seul coup, dans notre littérature, la ville avec ses destins problématiques, ses mentalités jamais encore décrites, ses stagnations sociales engendrées par la Crise, et une référence aux conflits mondiaux les plus actuels qui aurait des résonances jusqu'en France et aux États-Unis, portant ainsi notre imaginaire romanesque sur une scène beaucoup plus vaste que l'étroite scène locale.

---

* Michel Tremblay, *Un ange cornu avec des ailes de tôle,* Montréal/Arles, Leméac/Actes Sud, 1994, p. 159.

Le seul grand roman réaliste

Une autre façon d'apprécier l'importance de *Bonheur d'occasion* est d'observer, à la suite de Gilles Marcotte, qu'il est *le seul roman qui ait accompli au Canada français le dessein du grand réalisme social**, dessein propre au roman traditionnel tel qu'il s'est élaboré depuis Balzac jusqu'aux romanciers russes de la fin du XIXᵉ siècle et du début du XXᵉ. Ce grand roman réaliste comporte une représentation articulée des phénomènes sociaux, avec lesquels les personnages ont une relation substantielle. On peut l'opposer à la tradition moderne du roman de l'intériorité (Mauriac, Bernanos, Green), du roman métaphysique (Sartre, Camus) et du Nouveau Roman qui substituent peu à peu, à la critique sociale, la critique de la forme romanesque elle-même et de son pouvoir de représentation du réel. Pour Gilles Marcotte, *Bonheur d'occasion,* en tant qu'illustration du grand roman réaliste, est une exception non seulement dans le cadre de notre littérature, mais dans l'œuvre même de Gabrielle Roy qui, ultérieurement, délaisse l'esthétique réaliste pour la problématique de l'intériorité**.

En somme, l'œuvre, qui pourrait inaugurer une tradition du roman réaliste au Québec, tradition toujours vivante dans plusieurs grandes littératures, notamment de langue anglaise, n'a guère de postérité et s'efface vite devant une esthétique romanesque plus « moderne ». Gilles Marcotte a appelé « le roman à l'imparfait » cette tendance qui, faisant suite au roman « intérieur » des années cinquante et s'inspirant souvent du Nouveau Roman français, a renouvelé la morphologie narrative et engendré les thèmes et les procédés particuliers aux fictions littéraires de la Révolution tranquille.

---

* Gilles Marcotte, *Le Roman à l'imparfait,* Montréal, Éditions La Presse, 1976, 194 p., p. 27-28.

** *Ibid.,* p. 41, p. 43.

Application

Après ces années 1939-1945 où le Québec fut contraint de s'ouvrir à la terrible réalité de la guerre mondiale, *Bonheur d'occasion* témoigne de l'effet des événements sur la collectivité francophone, qui vivait repliée sur elle-même. Cet effet détermine en partie le succès du roman, qui en a fait état, et qui a raccordé le présent du petit peuple colonisé et oublié à celui de l'Occident ravagé par l'histoire. L'importance de *Bonheur d'occasion* dans notre littérature tient, pour une bonne part, à l'élargissement de la représentation collective jusqu'aux vastes horizons du monde. Saint-Henri est ainsi mis en rapport avec les convulsions de la planète.

Cependant, les consciences individuelles, contraintes soudain de faire face à des drames qui les dépassent, doivent adopter et même inventer une juste réplique, sous peine d'être écrasées sous le poids du malheur. Au début du chapitre XIX, p. 239-241 (jusqu'à : [...] *elle retrouva son but et écarta toute autre pensée* [...]), Rose-Anna entend la sollicitation pressante de la détresse humaine.

Décrivez les phases de la lutte qui s'engage en elle entre une conscience humanitaire et l'instinct de survie, survie tant personnelle que familiale. Montrez, notamment, le rôle que joue une certaine conscience féministe dans l'accession de Rosa-Anna à un point de vue universel.

3

LE CONTEXTE

Un village dans la ville

L'action de *Bonheur d'occasion* se déroule presque exclusivement à Saint-Henri, quartier francophone et défavorisé de Montréal. À vrai dire, Saint-Henri avait connu une relative prospérité dans les premières années du XXe siècle, et une classe aisée s'y était formée ; mais la Crise modifia la donne économique, et la population ouvrière fut très durement éprouvée par le chômage.

Géographiquement, Saint-Henri fait quelque peu mentir la représentation courante d'un Montréal séparé en deux par le boulevard Saint-Laurent : les riches anglophones à l'ouest, les pauvres francophones à l'est. C'est plutôt l'axe sud-nord qui est en cause ici : les nantis de Westmount sur le mont Royal, au nord, et les défavorisés de Saint-Henri au pied de la montagne, du côté du fleuve. Le haut et le bas, géographiquement et socialement. Cette collectivité francophone de Saint-Henri n'a guère de contacts avec celle, plus populeuse, que nous dépeint Michel Tremblay dans les Chroniques du Plateau Mont-Royal, et qui se fond dans ce qu'on a convenu d'appeler « l'est de Montréal ». Saint-Henri lui-même est tranché brutalement en secteurs peu communicants par les voies ferrées.

Dans son discours de réception à la Société royale du Canada en 1947, Gabrielle Roy raconte une visite récente du quartier, à la recherche du lieu et des personnages qu'elle a décrits dans son roman. Elle écrit :

> C'est un trajet facile et court. On descend la rue Atwater ; on arrive presque aussitôt à la populeuse rue Notre-Dame. Et là, devant nous, c'est toujours le même village gris dans notre grande ville, le village de toutes les grandes villes du monde où dans la poussière, la fumée, l'espace exigu, le manque d'air et de verdure, vit encore, en somme, la majorité des êtres

humains. Il y avait tout autant qu'il y a quelques années de poussière de charbon, de sonneries grêles, de tourbillons de fumée, bien que les trains passent un peu moins fréquemment dans Saint-Henri, maintenant que certains empruntent la voie du tunnel. C'est, au fond, à peu près la seule amélioration que j'ai pu noter*.

Le talent pour la synthèse de celle qui a d'abord pratiqué le journalisme de grand reportage transparaît dans l'opposition judicieuse entre ville et village. La ville est colorée, elle respire la richesse et le bon air, abrite le petit nombre des gens à l'aise, alors que la vaste population des ouvriers et des démunis se presse dans un espace gris, pollué et, sur le plan sociopolitique, *antérieur* à la ville : le *village*. C'est ce dernier qui alimente la ville de sa force de travail nombreuse et bon marché, il représente les forces de vie, et pourtant l'autre détient les rênes du pouvoir et de la destinée collective.

Le salut par la guerre

Au moment où commence le roman, en cette fin de février 1940, les effets dévastateurs de la Crise continuent de se faire sentir sur la population de Saint-Henri, mais des signes de renouveau économique commencent à apparaître. La guerre, en effet, représente pour beaucoup de jeunes une façon d'échapper au chômage. L'enrôlement procure un salaire qui permettra à plusieurs de venir en aide à leur famille, ou de se constituer un capital utile pour les années de paix. L'industrie de l'armement, pour ceux qui refusent de s'enrôler, constitue une bonne source de revenus. Au cours des trois ou quatre mois que dure l'action du roman, on voit plusieurs personnages céder l'un après l'autre à l'appât d'une activité militaire à la fois crainte et souhaitée, dont ils remettent souvent en question la moralité mais, par la force des choses, convoitent les avantages.

Cette situation est clairement évoquée dans un livre rédigé par un des acteurs intellectuels et politiques de cette époque, dont le témoignage corrobore la description ci-dessus. Dans *La Crise de la conscription*, André

---

* Gabrielle Roy, « Retour à Saint-Henri », dans *Fragiles lumières de la terre*, Montréal, Boréal, coll. « Boréal compact », 1996, p. 171.

Laurendeau se souvient des conditions qui ont favorisé, dès le début de la guerre, la mise sur pied de corps expéditionnaires (formés de volontaires), tandis que la population francophone du Québec refusait avec fermeté la conscription :

> [...] la crise économique n'est pas encore jugulée ; les chômeurs sont nombreux. S'ils sont jeunes, dans plusieurs centres canadiens, ils se font dire discrètement que l'armée les attend : cette pression sociale fut lourde. [Puis l'auteur cite cette opinion d'un adversaire de la conscription :] « [...] en maints endroits au pays ceux qui chômaient depuis des années ont été pressés de s'enrôler, à défaut de quoi les secours leur seraient retirés. C'est le mode de conscription le plus méprisable que je connaisse*. »

Pourquoi la guerre, qui engendre tant de maux et qui est si contraire à la justice et à la dignité humaines, apporte-t-elle aux petites gens le réconfort de conditions de vie décentes, alors que la paix, bénéfique en elle-même, est synonyme de chômage et de misère pour un si grand nombre ? Telle est la question que pose en filigrane l'auteure de *Bonheur d'occasion*, et qu'elle pose de nouveau, de façon plus explicite, dans son discours de réception à la Société royale que nous avons cité plus haut. On y lit, par exemple, ce constat pathétique d'un homme du peuple : *J'aime pas dire ça, me semble que c'est mal, mais je m'en vas vous le dire quand même, monsieur Latour : pour nous autres, ma femme, mes enfants, on a été bien pendant la guerre. Jamais si bien**.*

ᴌa mère France

Du livre d'André Laurendeau, on peut retenir aussi un témoignage concernant l'effet, sur les Montréalais francophones, de la chute de la France. L'événement survient en juin 1940, donc juste après la période

---

* André Laurendeau, *La Crise de la conscription*, Montréal, Éditions du Jour, 1962, 156 p., p. 51.

** Gabrielle Roy, « Retour à Saint-Henri », *op. cit.*, p. 180.

racontée dans le roman, mais l'attitude décrite par le journaliste et homme politique est déjà perceptible chez les personnages du roman à propos des malheurs que connaît l'armée française : *Ce qui m'a le plus étonné alors, c'est la douleur morne des foules montréalaises. Je ne croyais pas que, pour elles, la France eût cette réalité. Or, durant quelques jours, quelques semaines, elles eurent l'air de porter le deuil. Elles étaient atteintes*.*

Cet attachement pour la mère patrie est certainement l'un des motifs qui expliquent l'acceptation finale, par la population du Québec, de la conscription ardemment souhaitée par le reste du Canada.

---

* André Laurendeau, *op. cit.*, p. 54.

Application

- Dans le chapitre III (en particulier aux pages 42-47), relevez et caractérisez les diverses attitudes qui s'expriment au sujet de la guerre.

- Le chapitre XXVI (notamment aux pages 309-314) fait état de l'attachement que vouent Azarius, Emmanuel et les autres clients des *Deux Records* à la France. Décrivez et comparez les modalités de ce sentiment.

- Au chapitre XXVII, Alphonse raconte à Emmanuel sa tentative d'engagement dans l'armée (p. 325-329). Dégagez les aspects économiques et sociaux sous-tendant la démarche du jeune homme et des volontaires qui l'accompagnent.

4

LA FORME ET LE GENRE

Le réalisme social

Nous avons vu que *Bonheur d'occasion* est un exemple rare, et peut-être unique, du « grand réalisme social » dans notre littérature. « Grand », à cause des dimensions de la fresque, qui représente non seulement une famille mais la vie d'un quartier, et qui, à travers ces vastes cellules sociales, évoque toute une époque à un moment précis de l'histoire des peuples. « Réalisme social », puisque les rapports entre individus, soit au sein de la famille, soit en d'autres contextes, sont décrits avec un souci d'objectivité et d'impartialité, de façon à montrer leur insertion dans un ensemble économique, politique, culturel.

Gilles Marcotte a montré comment la notion de « grand réalisme », proposée et développée par le théoricien marxiste Georg Lukács, pouvait s'appliquer à *Bonheur d'occasion*. Le romancier qui, selon Lukács, accomplit pleinement la visée réaliste accède à la dimension épique en donnant une représentation positive du présent historique et en faisant apparaître *les grandes forces qui gouvernent le développement historique**. Ces forces entrent en conflit, et le personnage central, qui les manifeste par excellence, constitue un type, *à la jonction du collectif et du personnel***. Telle est Florentine, qui incarne, malgré sa fragilité, la *transition historique vers la vie moderne, la ville****, et qui assume mieux que les autres personnages les contradictions de son milieu. Et si elle n'est pas une figure

---

* Gilles Marcotte, «*Bonheur d'occasion* : le réalisme, la ville », dans *Écrire à Montréal*, p. 129. On trouvera ci-après, dans les « Documents complémentaires », un long extrait du même article où Gilles Marcotte expose les thèses de Lukács sur le grand réalisme.

** *Ibid.*, p. 130.

*** *Ibid.*, p. 135.

romanesque plus marquante, ajoute Marcotte, c'est parce qu'elle *ne pouvait être plus grande que son époque**.

Dans son intéressante analyse intitulée *The Limits of Sympathy: Gabrielle Roy's* The Tin Flute, Patrick Coleman aborde lui aussi la question du réalisme en des termes proches de ceux de Lukács, et souligne que cette tendance esthétique appelle la peinture de conflits représentatifs des forces historiques à l'œuvre dans la société. Les luttes favorisent l'émergence, chez les personnages, de la dimension individuelle, et cette autonomie, qui s'oppose aux contraintes sociales, reflète les tensions propres au monde moderne, séculier.

La forme romanesque qui découle du projet de peinture objective d'un milieu et des êtres qui la composent est toutefois aux antipodes des formules narratives auxquelles la modernité, dans sa valorisation de la subjectivité, a fréquemment recouru. Chambarder le paysage ou la logique du genre romanesque et y introduire des innovations très recherchées sera l'une des caractéristiques du Nouveau Roman ; on marquera ainsi une distance par rapport au roman « traditionnel », désormais réputé illisible parce que *trop* lisible, et donc incapable d'intéresser le lecteur… Les critiques, même encore aujourd'hui, ne se font pas faute de reprocher à l'auteure de *Bonheur d'occasion* une formule narrative trop sage, même si elle paraît parfaitement en accord avec le contenu du livre** ! Heureusement, on commence à sortir du terrorisme moderniste et à pouvoir faire la distinction entre une morphologie romanesque *neutre,* qui est bel et bien la formule adoptée par Gabrielle Roy dans son premier livre, et une autre qui serait rétrograde.

Trente-trois chapitres, numérotés en chiffres romains, sans titre ni épigraphe et non regroupés en parties, voilà qui, sans doute, ne rompt pas avec la tradition, mais ne l'exalte pas non plus, et fait surtout montre d'une grande sobriété. Les chapitres sont sensiblement de même longueur, mais

---

* Gilles Marcotte, « *Bonheur d'occasion* : le réalisme, la ville », *op. cit.,* p. 134.

** François Ricard signale cette tendance à la critique dans son *Gabrielle Roy,* p. 58.

il arrive que plusieurs, à la suite, développent une même séquence narrative, alors que d'autres créent un contraste en racontant plutôt des actions opposées, sur le plan thématique. Bref, l'utilisation de la cellule narrative qu'est le chapitre n'est pas mécanique, et l'auteure la charge de résonances diverses. Sa *neutralité* n'est donc qu'apparente.

Un roman, deux intrigues

Comme tout roman social, *Bonheur d'occasion* comporte une dimension descriptive importante. N'entendons pas par là que les descriptions en bonne et due forme — de paysages, d'objets, de caractères — y surabondent; mais que les situations présentées au lecteur ont pour but de représenter de façon concrète, à travers des éléments précis, un ensemble de rapports humains caractéristiques, et qu'il en résulte un tableau. Saint-Henri, en 1940, c'est-à-dire le Montréal francophone, défavorisé, pendant les premiers mois de la guerre, voilà ce qui sert de toile de fond immédiate aux personnages que fait vivre l'auteure; et ces personnages ont une relation essentielle avec leur milieu, soit qu'ils le chérissent, soit qu'ils y cherchent les ressources de leur survie ou qu'ils désirent le fuir. L'intrigue romanesque, dans ces conditions, n'a pas et ne saurait avoir cette intensité qui fait, dit-on, les bons *thrillers*… L'action existe bien sûr — elle est essentielle à tout véritable roman —, mais elle n'a rien d'extérieur. Elle concerne les relations en profondeur entre les êtres, et c'est à ce niveau qu'il faut chercher à marquer une évolution, pour chacun des personnages, et en particulier pour ceux qui font figure de protagonistes.

Il y a dans *Bonheur d'occasion* deux personnages particulièrement importants, autour desquels se constituent des intrigues en bonne partie distinctes, mais non sans rapports sur le plan symbolique: Florentine et Rose-Anna, sa mère. Ces deux intrigues se mêlent, tout au long du roman, mais il est utile de les présenter séparément, pour la clarté du résumé.

L'histoire de Florentine

Florentine est une jeune fille issue d'une famille pauvre, et l'aînée de nombreux enfants. À dix-neuf ans (voir p. 356), elle travaille comme serveuse au *Quinze-Cents*. Elle y rencontre un jeune homme, Jean Lévesque, ouvrier dans une fonderie, dont elle s'éprend aussitôt (ch. I). Jean, qui cherche à parfaire par lui-même son instruction et qui est dévoré d'ambition (ch. II), est à la fois séduit et rebuté par la jeune fille : il redoute que, restée dépendante de son milieu misérable, elle ne vienne contrecarrer ses projets de réussite (ch. VI). Avec des intentions ambiguës, il présente Florentine à son ami Emmanuel, soldat par conviction humanitaire (ch. VIII), qui l'invite à une danse chez lui. Florentine s'y rend, sûre d'y retrouver Jean, qui ne s'y montrera pas (ch. IX) ; elle en est réduite à danser avec Emmanuel, qui est violemment épris d'elle. Cependant, Emmanuel doit rejoindre l'armée, et ne peut poursuivre sa cour auprès de la jeune fille.

Florentine s'ennuie de Jean, qui l'évite. Elle décide d'aller le relancer à son travail et l'invite de façon pressante à venir chez elle le lendemain, un dimanche (ch. XIV). Jean anticipe sans enthousiasme la rencontre de la famille, mais la jeune fille lui a tendu un piège. Profitant de l'absence des siens, partis à la campagne, Florentine reçoit son ami dans l'intimité (ch. XVI) et se donne à lui. Le soir même, Jean, réfléchissant à ce qui vient de se passer, prend la décision de quitter le quartier (ch. XVII).

On retrouve Florentine quelques semaines plus tard. Elle craint d'être enceinte (ch. XXI) et vit très mal le fait que Jean l'ait abandonnée. Elle cache son état à tous, à Rose-Anna qui est submergée par les malheurs de toutes sortes (ch. XXII) aussi bien qu'à son amie Marguerite, chez qui elle se réfugie (ch. XXIII). Au terme d'une nuit de grande détresse, elle prend la résolution de surmonter sa passion et retrouve le dur chemin du réalisme.

À quelque temps de là, Emmanuel revient en permission et, après une brève escale chez lui, se met tout de suite en quête de Florentine, dont les parents viennent de déménager. Son périple le mène d'abord au nouveau logement des Lacasse, mais la jeune fille n'y est pas. Il fera plusieurs autres escales : aux *Deux Records,* où pérore Azarius (ch. XXVI) ; chez la mère Philibert (ch. XXVI), où il rencontre son copain Alphonse, un déshérité de la vie, qui lui raconte avec verve ses extraordinaires déboires (ch. XXVII) ; plus loin, il tombe sur un autre copain, Pitou, maintenant dans l'armée ; et il aboutit à Westmount, le quartier riche (ch. XXVIII), d'où il regarde cet amas de ténèbres qu'est Saint-Henri ; là, toutefois, brille une étoile : Florentine.

Au chapitre suivant (XXIX), on retrouve Emmanuel et Florentine au restaurant. Ils se déclarent leur amour, et Florentine pousse Emmanuel à un mariage précipité, une semaine plus tard. La jeune fille pourra ainsi dissimuler qu'elle est enceinte de Jean. Tout marche comme prévu. Le mariage a lieu (ch. XXX), et une brève lune de miel précède le départ d'Emmanuel qui regagne l'armée (ch. XXXIII). De retour de la gare, Florentine entrevoit Jean Lévesque dans la rue, éprouve une vive émotion, mais fuit : elle a choisi la vie stable et la raison. Désormais, elle *calcul*[e] *froidement* (p. 404), prenant le relais de Rose-Anna qui calculait elle aussi, mais par amour pour les siens.

L'histoire de Florentine est relativement riche en événements, extérieurs et intérieurs. Celle de Rose-Anna est sans doute plus terne et, pourtant, l'extraordinaire figure de cette mère de famille si dévouée, si courageuse, de cette femme qui est tout amour et oubli de soi, égale en importance, voire dépasse celle de Florentine, qui n'inspire pas la même admiration.

L'histoire de Rose-Anna

La grande affaire de Rose-Anna est de maintenir à flot le navire de la famille, qui risque à tout moment de sombrer. Azarius, son mari, après avoir connu quelques bonnes années de travail dans la construction puis pratiqué cinquante-six métiers (*cf.* ch. XII), occupe maintenant le maigre emploi de chauffeur de taxi (ch. III), qu'il perd par incurie (ch. VII). Rose-Anna n'est pas préoccupée que par les frasques de son mari. Elle s'inquiète des humeurs de sa fille aînée, Florentine, dont elle suit de loin et sans les pénétrer vraiment les tribulations intimes (*cf.* ch. XIII, ch. XVIII, ch. XXII…). Elle se soucie d'Eugène, le plus âgé de ses fils, qui s'est enrôlé dans l'armée (ch. V) et qui viendra plus tard lui quémander honteusement l'argent que son engagement lui a permis d'obtenir (ch. XIX et XX). La santé du petit Daniel, plus fragile que les autres et qui se révèle atteint de leucémie (ch. XXV et ch. XXX), est pour elle un sujet de tourment. Il y a aussi cet enfant qu'elle porte à quarante ans passés et dont, déformée par les maternités, elle ne parle à Florentine qu'au septième mois de sa grossesse (ch. VI). Il naîtra peu après la mort de Daniel et le jour même de l'enrôlement d'Azarius (ch. XXXI).

négligences

Tout au long du roman, on voit Rose-Anna prendre des décisions d'ordre pratique et suppléer à l'incurie d'Azarius, ce doux rêveur qui a la nostalgie de son premier, de son vrai métier et qui, dans la vie présente, fuit ses responsabilités. C'est ainsi que, ayant appris d'Azarius qu'il est de nouveau en chômage, elle lui laisse la garde de la maison et se met en quête d'un logement (ch. VII). Elle aboutit ainsi au comptoir de Florentine, qui lui paie un bon repas et lui fait cadeau d'une petite somme péniblement gagnée (ch. IX). Plus tard, ayant appris d'Azarius qu'un employeur peu commode offre du travail comme camionneur, elle se rend elle-même chez cet homme et décroche l'emploi pour son mari (ch. XII). C'est peu de temps après qu'Azarius forme le projet d'emmener sa famille aux sucres, dans la famille de sa femme. Rose-Anna se laisse finalement tenter, elle qui n'a pas revu les siens depuis son mariage (ch. XV) et qui attend beaucoup de la rencontre de sa mère. Or, elle doit subir l'humeur geignarde de la vieille femme, affectueuse dans le fond, mais pessimiste, et les remarques envieuses de ses belles-sœurs qui jalousent la citadine tout en triomphant devant l'état de santé supérieur de leurs enfants.

Au retour, la catastrophe est consommée : Azarius a un accident avec le camion, qu'il a utilisé sans demander la permission, et il perd de nouveau son emploi. L'état du petit Daniel se détériore et Rose-Anna lui rend visite à l'hôpital (ch. XVIII), où elle est bouleversée de voir l'enfant préférer l'affection de Jenny, son infirmière, qui ne parle qu'anglais, à la sienne. Dans un chapitre ultérieur, on retrouve Rose-Anna démontée par l'arrivée inopinée des nouveaux locataires, alors qu'Azarius n'a pas encore trouvé de logement (ch. XXII). Elle se trouve aux prises avec une Florentine bouleversée, qui ne trouve pas auprès d'elle le réconfort maternel qu'elle cherchait. Plus tard, le courage lui revient lorsque se présente enfin la possibilité de déménager (ch. XXIV).

Le mariage de Florentine (ch. XXX), puis l'accouchement (ch. XXXI) représentent des événements importants pour Rose-Anna, mais le plus important est sans contredit l'engagement d'Azarius dans l'armée (ch. XXXII). Il signifie pour elle un peu ce qu'a signifié, pour Florentine, le fait d'être abandonnée par Jean : une plus grande sécurité matérielle sans doute (Florentine accédera à une certaine aisance, grâce à son mariage avec Emmanuel ; l'engagement d'Azarius rapporte des revenus), mais aussi une très grave blessure d'amour.

L'amour ou la vie

On pourrait dire que le roman amène Florentine jusqu'au point décisif du mariage, qui fait d'elle, à un certain niveau, la réplique de sa mère ; et qu'il amène Rose-Anna, en qui resurgit parfois la grâce de l'enfance, mais qui doit s'en défendre, jusqu'à un au-delà de la vie conjugale et même familiale, avec la dispersion de la famille et l'éloignement d'Azarius — comme si elle vivait, à plus de quarante ans, les tourments que vient de connaître sa fille. Du point de vue de la symbolique du roman, Rose-Anna et Florentine, malgré leurs différences, sont l'envers et l'endroit d'une même destinée féminine, et le mariage, qui consacre la fin de la passion et le début du pragmatisme, de la vie adulte, des *calculs,* constitue le point d'inversion de cette destinée.

Application

- Étudiez les rapports de succession des chapitres XIV à XVII (inclusivement). Les segments de l'action correspondant à chaque chapitre présentent-ils une continuité (et sur quel plan)? Ou plutôt un parallélisme, une ressemblance, une opposition?

- Commentez, du point de vue du contenu, le passage du chapitre XXI au chapitre XXII.

- Le résumé d'un roman s'attache normalement aux événements racontés, négligeant la façon dont ces événements sont vécus par les personnages, ou la répercussion secrète qu'ils ont sur leur destinée. Dans le cas d'un roman d'action, où les faits et gestes des personnages occupent la plus grande place, la perte d'information n'est pas considérable. Qu'en est-il pour *Bonheur d'occasion*? Évaluez, à partir d'exemples précis (tel ou tel chapitre), la capacité du résumé, présenté ci-dessus, de rendre compte du récit. Rédigez, pour un segment donné, d'autres formes de résumés, plus sensibles à l'action « intérieure ».

5

Le titre

Bonheur d'occasion : le titre applique à une réalité immatérielle et intérieure, l'une des plus valorisées qui soit — le bonheur —, un qualificatif qui se rapporte généralement à un bien de consommation : voiture, livre, etc. Ce qu'on se procure à bon prix, parce qu'il est de seconde main, voilà ce qu'on appelle un article « d'occasion ». L'association de l'expression au mot « bonheur » comporte une part de paradoxe dans la mesure où la condition heureuse est d'un prix incalculable. Elle est, de par sa nature, soustraite à toute forme de marché, nous disent tous les idéalismes. On n'achète pas le bonheur, à moins de le faire consister en de vils plaisirs que l'argent peut procurer.

Ce serait sans doute le cas pour la classe aisée, telle que se la représentent les défavorisés. Mais pour les pauvres de Saint-Henri, le bonheur est d'un autre ordre. Les seules joies concrètes auxquelles ils peuvent aspirer, et même les joies plus idéales, ressemblent à des objets dévalués qui n'auront jamais le rayonnement des possessions réelles. Parce qu'ils sont pauvres, ils en sont réduits à vivre des satisfactions « de seconde main ».

Est-ce la raison pour laquelle Florentine ne peut capter l'amour de Jean, qui est si attiré par la richesse et qui veut se fondre dans la classe des nantis ? Elle devra se contenter d'un amour *en second,* celui d'Emmanuel. Non pas que l'amour du jeune soldat soit frelaté, bien au contraire ; mais c'est l'affection même de Florentine qui est ici « d'occasion », puisqu'elle a déjà tout donné à Jean de son sentiment amoureux.

Dans un sens plus large, tous les éclairs de bonheur qui illuminent la vie des personnages sont promis, du fait de l'existence modeste de ces derniers, à une prompte résorption. Telle est la flûte de métal que désire le petit Daniel promis à la mort (on sait que le titre de la traduction en anglais, *The Tin Flute,* privilégie ce motif) ; et telle est, bien entendu, la brève joie d'amour que connaît Florentine avec Jean Lévesque, ou, encore, l'illusoire retour à l'enfance que représente la visite à Saint-Denis pour Rose-Anna.

Le titre lance donc des significations dans plusieurs directions à la fois. Aucune ne peut s'appliquer tout à fait rigoureusement à l'une ou l'autre des intrigues du roman, mais l'espace de sens qu'elles ouvrent est en harmonie avec l'ensemble du récit.

La dédicace

Bonheur d'occasion est dédié à Mélina Roy, la mère de l'auteure, décédée deux ans avant la parution du roman. Mélina, c'est l'Éveline des récits semi-autobiographiques, et on peut voir en elle la présence la plus déterminante dans la vie et l'œuvre de Gabrielle Roy, comme l'ont montré aussi bien Gérard Bessette dans une perspective psychocritique[*] que François Ricard d'un point de vue biographique. *Le temps qui m'a manqué,* récit posthume, longtemps resté inédit, qui s'est ajouté récemment à l'autobiographie intitulée *La Détresse et l'Enchantement,* confirme l'importance qu'a eue Mélina Roy dans la vie de Gabrielle, en particulier pour l'élaboration de son œuvre. La rédaction de *Bonheur d'occasion* subit une impulsion tout à fait décisive à la suite du décès de la mère, comme si la romancière était désormais motivée par l'obligation d'offrir sa réussite à celle à qui elle doit tant. On comprend dès lors que la figure de Rose-Anna Lacasse, comme le confie l'auteure dans son discours de réception à la Société royale, se soit peu à peu imposée, en cours de rédaction, au point de devenir *aussi* centrale que celle de Florentine.

Plus exactement, la critique parlera d'un dialogue essentiel, voire d'un « duel » au cœur de l'œuvre, entre la mère et la fille, celle-ci, après

---

[*] Gérard Bessette, « *La Route d'Altamont,* clef de *La Montagne secrète* », dans *Trois Romanciers québécois,* Montréal, Éditions du Jour, 1973, 240 p.

Bonheur d'occasion, conquérant graduellement son autonomie par rapport à celle-là[*].

L'incipit

À cette heure, Florentine s'était prise à guetter la venue du jeune homme qui, la veille, entre tant de propos railleurs, lui avait laissé entendre qu'il la trouvait jolie. (p. 9)

Dès sa première phrase, le récit nous plonge en pleine action — action psychologique, puisqu'il s'agit d'une histoire d'amour. Florentine a reçu des compliments d'un jeune homme qui, semble-t-il, lui plaît ; et elle attend qu'il se présente de nouveau devant elle. Le temps de l'attente est un temps intérieur, soutenu par le désir, et il est sans rapport véritable avec le temps et l'espace extérieurs, puisque Jean, bientôt, *surprendra* Florentine, déjouant en quelque sorte la surveillance qu'elle exerçait (p. 10).

L'incipit, qui amorce un récit de rencontre, suggère donc en filigrane un désaccord entre une intériorité chargée de désir amoureux et la réalité, passablement ambiguë, puisque les compliments et la raillerie s'y emmêlent.

On peut déceler aussi, en tenant compte de la suite du passage, une opposition entre l'un et le multiple : Jean, Florentine le cherche parmi la *foule,* tout comme le compliment se détachait *entre tant de propos railleurs.* Ce qui, dans l'espace du réel, est indifférent ou hostile à l'attente est foisonnant, mais occupe une position périphérique. Le désir, issu de l'intériorité, vise un point au centre du réel ; or, ce point déjoue le désir, s'impose à lui — le surprend —, causant une déroute. On peut voir là un présage pour la suite des relations entre les deux jeunes gens. Aimé de Florentine, Jean répondra ponctuellement à son amour, lui fera un enfant puis désertera, l'abandonnant en plein réel avec son rêve brisé.

Je reviendrai plus loin sur l'incipit, pour en tirer quelques enseignements relatifs à l'écriture.

---

[*] Voir Christine Robinson, « *La Route d'Altamont* de Gabrielle Roy, épave de *La Saga d'Éveline* ? », *Voix et Images,* n° 67, automne 1997, p. 135-146.

6   À RETENIR

- Née en 1909 au Manitoba où elle passe les vingt-sept premières années de sa vie, Gabrielle Roy s'établit au Québec en 1939 et elle y écrit toute son œuvre. On peut voir en elle la grande pionnière du roman québécois moderne (et non *moderniste*), et l'auteure du seul roman illustrant pleinement le courant du réalisme social dans notre littérature. Elle meurt en 1983, à Québec, où elle a vécu pendant plus de trente ans.

- Premier tableau élaboré de la vie urbaine, grâce à l'ampleur de sa visée sociale, *Bonheur d'occasion* reflète, dans sa structure, la complexité d'un projet romanesque qui veut rendre compte aussi bien des destinées individuelles (notamment dans l'histoire de Florentine, à laquelle se greffent celles de Jean Lévesque et d'Emmanuel Létourneau) que des destinées collectives (d'abord familiales, autour de la figure de Rose-Anna).

- Florentine et Rose-Anna occupent, à parts égales, le centre du roman, et leurs histoires forment une tresse narrative, avec prédominance toutefois de l'histoire de Florentine dans la première moitié du livre, et de celle de Rose-Anna dans la seconde. Les deux figures sont étroitement complémentaires : la fille et la mère. La fille qui devient mère, la mère qui se souvient d'avoir été fille, mais qui est chargée de l'écrasant fardeau de ses responsabilités d'adulte.

ÉTUDE DE L'OEUVRE

Un roman à la troisième personne

Écrit à la troisième personne, *Bonheur d'occasion* correspond à un type de fiction fréquent dans la tradition littéraire d'autrefois. Le roman à la première personne, à de rares exceptions près, n'existe pas dans notre littérature avant une date relativement récente. Dans l'ensemble de ses récits non autobiographiques, même ceux qui privilégient l'intériorité, Gabrielle Roy va continuer de recourir à la narration « impersonnelle », ce qui la mettra en marge d'une certaine modernité.

Toutefois, on peut concevoir plusieurs techniques de narration à la troisième personne. Le narrateur, étranger à l'histoire qu'il raconte, peut être tout à fait effacé, ou relativement présent. Et la façon de raconter l'histoire peut varier beaucoup d'un récit à un autre, ou à l'intérieur d'un même récit. Ces questions relèvent de ce que le poéticien Gérard Genette appelle le mode du récit[*].

Dans *Bonheur d'occasion,* le narrateur n'apparaît jamais comme une entité marquée, explicite (correspondant, par exemple, à l'auteure), mais il n'est pas non plus totalement absent. Certaines interventions — analyses, prédictions, jugements relatifs aux personnages ou aux situations — supposent sa présence agissante. Lorsque, par exemple, Jean décide de fuir Florentine et Saint-Henri, on lit :

> « Le temps est venu de changer d'air », se dit-il, pour ne pas avoir à étudier en lui-même d'autres motifs qui lui répugnaient. [...] Au-delà de son départ, il voyait déjà ce que les êtres ambitieux d'une grande ville, à

---

[*] Gérard Genette, « Discours du récit », *Figures III,* Paris, Seuil, 1972, 286 p.

l'affût d'un hasard propice, aperçoivent tout d'abord dans la fuite : un terrain neuf à exploiter. (p. 221-222)

Le narrateur prend ici une distance à l'égard de son personnage, qu'il classe parmi les citadins ambitieux (catégorie psychosociale) et dénonce discrètement pour son refus de voir clair en lui-même et son opportunisme (carences morales). À cet égard, on peut parler, à propos de certains passages, d'une narration dissonante, au sens où l'entend Dorrit Cohn[*]. La dissonance désigne un écart entre le narrateur et le personnage, alors que la consonance implique une harmonie, une fusion des deux points de vue. Cette question nous amène naturellement à celle de la focalisation.

Focalisation

Dans ce roman « social » et « réaliste » qu'est *Bonheur d'occasion,* la dimension de l'intériorité est déjà fort présente, comme le suggère d'emblée l'incipit qui nous plonge sans préavis dans les agitations intimes d'une jeune fille amoureuse. Un survol du premier chapitre, représentatif du récit dans son ensemble, nous permettra de caractériser l'usage des divers types de focalisation.

Gérard Genette appelle « focalisation interne » la vision qui s'attache à nous communiquer le point de vue du personnage. Les premiers paragraphes nous montrent Florentine dans l'attente impatiente d'un jeune inconnu qui, la veille, lui a adressé des compliments. Bien entendu, l'intériorité ne se présente pas comme une substance séparée, sans rapport avec la réalité extérieure, mais plutôt comme une forme organisant les éléments de la réalité selon un point de vue subjectif. L'intériorité, c'est le monde fait moi. Elle structure le monde selon des aspirations, un désir, mais le monde peut lui imposer sa loi, décevoir son attente. C'est ainsi que Jean surprend la jeune fille au moment où elle rêvait à lui, et se manifeste comme indocile à son désir, causant ainsi le déplaisir de Florentine.

---

[*] Dorrit Cohn, *La Transparence intérieure. Modes de représentation de la vie psychique dans le roman,* Paris, Seuil, 1981, 316 p., p. 42 et suiv.

Commence alors un dialogue, où est maintenue brièvement la focalisation interne sur Florentine (la question de Jean *irrita la jeune fille* [p. 10]). Puis on quitte le point de vue subjectif pour un discours plus extérieur, où les indications accompagnant les reparties ont une dimension objective. Florentine répond à Jean *avec mépris, mais non d'une façon définitive, comme si elle eût tenté de lui imposer le silence. Au contraire, sa voix invitait à une réplique (ibid.).* C'est, bien entendu, un rapport de forces psychologique qui s'instaure ici, une sorte de duel — le même qui régira les relations entre les deux jeunes gens tout au long du roman —, et il déborde la perception qu'en ont les personnages. On peut alors parler de non-focalisation, ou de vision « par-derrière » les personnages. Il en ira de même quand on lira : *Il changea imperceptiblement de ton, durcit un peu son regard (ibid.).* Cette notation objective concernant le comportement de Jean peut relever, si l'on veut, de la focalisation dite externe, qui présente les faits et gestes sans interprétation, dans leur pure extériorité, mais le contexte suggère tout de même une signification psychologique, identifiable objectivement.

La focalisation interne (sur Florentine) réapparaît bientôt quand on la voit réagir à l'attitude de son vis-à-vis. *Il avançait le visage et levait sur elle des yeux dont elle discerna en un éclair toute l'effronterie. La mâchoire dure, volontaire, l'insupportable raillerie des yeux sombres, voilà ce qu'elle remarquait le plus aujourd'hui dans ce visage et qui l'indignait contre elle-même (ibid.).* Des éléments très concrets de la réalité (yeux, mâchoire, visage) sont immédiatement traduits en impressions (effronterie, dureté, raillerie) et déterminent un retour sur soi (indignation).

Le dialogue se poursuit, et voilà que la focalisation se fixe pour la première fois sur Jean, qui vient de lancer une invitation à la jeune fille : *Il vit aussitôt qu'elle se troublait* (p. 11). Il sera beaucoup question de Florentine dans les lignes qui suivent, mais telle que vue, examinée par Jean qui vient de lui lancer un défi, de la mettre au pied du mur. La description pathétique de la frêle jeune fille, au regard si avide, nous renseigne sur les sentiments de pitié, mais aussi d'agacement et d'hostilité, qu'elle fait naître chez le jeune homme. *Elle l'étonnait plus qu'elle ne l'attirait (ibid.).*

La focalisation s'attardera sur Jean, puis elle alternera, toujours au gré des variations psychologiques amenées par le dialogue et, à la fin du chapitre, se fixera sur Florentine.

De cette brève analyse, qui met en lumière l'importance de la focalisation interne (ici variable, avec des transitions de non-focalisation), on peut tirer deux conclusions. D'une part, dans ce roman social où les rapports économiques et politiques entre individus et groupes sont prédominants, la dimension psychologique, loin d'être négligée, est l'assise même de la représentation. Elle le restera même dans les scènes les plus éloignées du tête-à-tête amoureux.

D'autre part, l'intériorité telle qu'elle se présente dans *Bonheur d'occasion* diffère de celle qu'on rencontre dans les autres romans de l'époque, par exemple ceux de Robert Charbonneau ou de Robert Élie (qui privilégient des personnages semi-intellectuels affligés de tourments métaphysiques), en ce qu'elle est beaucoup plus quotidienne et interpersonnelle. Loin de se complaire dans le vague à l'âme ou le désespoir existentiel, les personnages de Gabrielle Roy sont habités d'aspirations concrètes, de hantises amoureuses, de projets précis. L'intériorité de Florentine, c'*est* Jean ; et c'est de la jeune serveuse du *Quinze-Cents* que, dans le chapitre II, la pensée du jeune homme est remplie, au point de ne pas pouvoir se détacher d'elle. *Bonheur d'occasion* n'appartient pas à la littérature petite-bourgeoise, avec ses fictions abstraites, mais bien à celle du peuple, toutes classes confondues. Les « pensées » y sont des hommes, des femmes. L'intériorité y renvoie essentiellement à la réalité extérieure, où elle cherche douloureusement son chemin. Aussi peut-on affirmer, malgré la relative incompatibilité des mots, que la psychologie y est pleinement *sociale*.

Application

- Le chapitre VIII (p. 105-119) raconte la scène au cours de laquelle Emmanuel, que Jean vient de présenter à Florentine, invite la jeune fille à une soirée dansante chez lui, le lendemain soir. La focalisation interne touche-t-elle les trois personnages ? Quels sont les principaux moments de focalisation interne ? Peut-on relever des dissonances narratives (écarts entre le narrateur et le personnage) ? Quel sens prend l'évolution de la focalisation interne en rapport avec le segment d'histoire racontée ?

- Cherchez des chapitres comportant une seule focalisation interne. Le chapitre IX (p. 121-127) est-il de ceux-là ?

- Analysez, dans l'un ou l'autre des chapitres du roman, un passage où la dimension psychologique est pénétrée de résonances sociales.

- Le chapitre XVII raconte le débat intérieur de Jean après l'épisode amoureux avec Florentine. Décrivez la fluctuation du rapport (consonance / dissonance) entre le narrateur et le personnage.

2

LES THÈMES
ET LES MOTIFS

Un monde déchiré

Les premiers chapitres peignent la sourde lutte qui s'installe entre deux êtres, Florentine et Jean. La jeune fille désire de toutes ses forces conquérir son bonheur avec l'homme qu'elle aime ; celui-ci veut accomplir sa destinée individuelle même au prix de ses plus précieuses aspirations affectives. L'impossibilité d'une entente entre les deux, qui ont pourtant en commun un même caractère passionné, sans compter la beauté physique et la singularité qui les caractérisent, se manifeste déjà clairement dans la rencontre manquée du chapitre II. Jean a donné rendez-vous à Florentine au cinéma Cartier, bien décidé pourtant à ne pas laisser la jeune fille entrer dans sa vie. Il se rend sur place et se cache, pour se donner le plaisir de voir Florentine *prise dans son filet* (p. 37), mais aussi pour déplorer, avec mauvaise foi, la légèreté de son attitude. Jean qui regarde Florentine venir vers lui mais qui ne se montre pas, qui refuse la réciprocité de la rencontre comme il refusera jusqu'au bout celle de l'amour, est l'homme qui se maintient en retrait au profit de sa seule ambition personnelle. En s'inspirant très librement des analyses d'un Georges Poulet[*], on pourrait caractériser sa démarche dans la vie par une droite orientée, qui est dirigée vers le succès, alors que, prise au piège, Florentine est plutôt associée au cercle — celui de la condition qui l'emprisonne et d'une passion qui ne peut s'échapper vers son objet. La droite et le cercle caractérisent bien, dans l'ensemble, les univers masculin et féminin que dépeint le roman.

Variations sur le motif de la droite

Les personnages de *Bonheur d'occasion* nous sont présentés, en général, dans un lieu bien caractérisé, le quartier de Saint-Henri qu'ils habitent et

---

[*] Georges Poulet, *Les Métamorphoses du cercle*, Paris, Flammarion, coll. « Champs », 1979 [1961], 524 p.

pour lequel ils éprouvent des sentiments variés. On peut dire que la relation que les femmes entretiennent avec leur milieu diffère fondamentalement, dans l'ensemble, de celle des hommes. Celles-là s'y enferment, ceux-ci le traversent.

Revenons à Jean qui, dès le chapitre II, nous est présenté comme désireux de quitter Saint-Henri, pour lui synonyme de misère matérielle et morale (il y a été élevé dans un orphelinat). La guerre, qui brise les frontières et met tout en branle, représente *sa chance à lui d'une ascension rapide. Il se voyait lâché dans une vie qui changeait ses valeurs, elle-même changeante de jour en jour, et qui, dans cette mer démontée des hommes, le porterait sur une vague haute* (p. 37). Les métaphores, « ascension », « mer démontée », « vague haute », exaltent la linéarité et le bond en avant, l'élévation aussi. L'élan de la réussite qui s'empare de Jean combine le mouvement horizontal du parcours conquérant et le mouvement vertical qui assure la domination de soi et d'autrui. La montagne, avec son dynamisme ascensionnel, matérialise l'ambition du jeune homme et la position qu'il veut atteindre, bien au-dessus du quartier où il a grandi. En la montrant à Florentine, dans un de leurs rares moments d'abandon, il lui confie qu'il aura bientôt *mis le pied sur le premier barreau de l'échelle… et goodbye à Saint-Henri* (p. 85).

Tout tendu vers sa réussite future, Jean a choisi d'habiter un *petit garni* situé *sur le chemin des cargos* (p. 31). Le canal Lachine, avec son intense navigation fluviale, et les chemins de fer qui relient Montréal aux *réseaux de l'Est et de l'Ouest* du Canada *(ibid.)* sont le décor familier où Jean trouve l'antidote à une énervante sédentarité. Même la maison qu'il habite, avec ses murs en V, est un vaisseau qui confirme son goût pour le voyage, la fuite *(ibid.)*. (« V », « vaisseau », « voyage », « fuite », « vent »… La labio-dentale « v » ou « f » préside phonétiquement au paradigme de l'évasion masculine. Ce paradigme se manifeste dans de nombreux autres passages du roman.)

Azarius, le père de Florentine, n'a pas l'étoffe de Jean Lévesque, ni son désir de s'imposer socialement. Homme sympathique, aux idées généreuses, il est avant tout un rêveur porté à fuir la conscience d'une réalité qui l'accable. Contrairement à la montée de l'échelle sociale que projette Jean, Azarius connaît plutôt la dégringolade dans une misère de plus en plus irrémédiable, et le mouvement qui lui est associé conjugue l'horizontalité de la dérive avec la verticalité de l'enfoncement. Il faudrait citer ici la belle page où le chômeur, à la maison pendant que sa femme court les rues pour lui trouver un emploi, assiste en pensée au défilé désolant des images de sa vie (p. 164-165). Il se revoit d'abord au faîte de sa condition de menuisier et de jeune père de famille, puis frappé par le chômage, et entraîné de plus en plus bas dans la déroute de son existence.

À cette linéarité maléfique, perverse, Azarius opposera ce qu'il peut, rejoignant en fin de course un bon nombre des hommes du quartier désireux de s'en sortir : il s'enrôlera dans l'armée et prendra le train vers les lieux de tuerie et d'évasion. La guerre permet de fuir la misère. Dans Saint-Henri guetté par la famine, un détachement militaire défile périodiquement, recrutant les désespérés et les sans-avenir et les intégrant dans sa marche horizontale. Jean Lévesque n'a que mépris et hostilité pour ce spectacle qui fait vibrer la naïve Florentine (p. 21-22). Jean aime la guerre pour l'occasion qu'elle lui offre de s'enrichir, d'acquérir du pouvoir, mais elle le met au-dessus des pauvres qui voient en elle un salut immédiat. Quoi qu'il en soit, la guerre représente pour presque tous les hommes, à divers titres, ces évasions horizontales que sont le voyage, la fuite, l'accomplissement de soi au-delà de l'enceinte misérable du quotidien.

Pour Emmanuel seul, le camarade idéaliste de Jean, qui s'est engagé dans l'armée par conviction, la guerre représente autre chose qu'un profit personnel. Elle signifie la possibilité de transformer la société, de combattre l'odieux pouvoir de l'argent *qui nous tient tous au cirque derrière les barreaux* (p. 62). La guerre permet aux miséreux, comme aux bêtes de cirque, de *casser leurs barreaux pis de s'en aller dans la vie…* (p. 61). L'impulsion linéaire, qui fait éclater l'enclos étouffant, symbolise ici la vie libre et heureuse, soustraite aux aliénations sociales. Emmanuel qui, contrairement à Jean Lévesque, est attaché à son quartier et qui va choisir de s'y fixer en y prenant femme, n'est pas prisonnier pour autant de ses horizons étroits, et c'est en partant pour le combat (qu'il voudrait *juste*), en parcourant le monde qu'il accomplit sa fidélité. On voit par là que l'homme,

même quand il est sensible aux valeurs de l'enracinement et de la collectivité, ne peut échapper au nomadisme, lequel comporte bien des dangers.
C'est pendant une absence d'Emmanuel que Florentine se donne à Jean et,
sitôt marié, Emmanuel doit repartir à l'étranger. Les « amours » entre les
deux jeunes gens se vivent *en passant,* à la sauvette, et on peut en dire
autant des amours entre Florentine et Jean, ce dernier étant pour elle *le
vent dur et cinglant, l'éclat de bourrasque qui saccage, détruit* (p. 117).

Le cercle vicieux de la misère

À l'opposé de l'univers masculin tendu vers l'ailleurs, l'univers féminin
est fondé sur l'impossibilité de sortir de sa condition.

La femme, c'est celle qui reste. Qu'il s'agisse de Florentine ou de Rose-
Anna, la femme est celle qu'on quitte pour aller au loin faire fortune
(comme Jean Lévesque), ou voler au secours des malheureux (en l'occurrence la France pour Azarius, une humanité plus abstraite pour Emmanuel), ou les deux.

Et c'est la femme qui assume d'emblée le fardeau de la misère matérielle. Rose-Anna est le soutien de la famille, c'est elle qui doit gérer la
pénurie, tirer le meilleur parti de la moindre ressource. Florentine l'aide
par son dur travail au restaurant. Azarius, de son côté, rêve de son métier
perdu et s'évade, loin de la fosse où croupit sa famille ; loin de la réalité, qui
est exactement symbolisée par le monotone ronron de la machine à
coudre : *La roue de la machine se reprit à tourner ; elle tournait insensible à
l'ennui de Florentine et à la rêverie de Rose-Anna, elle tournait comme les
années avaient tourné, comme la terre tournait, ignorant dans son cycle
éperdu ce qui se passe d'un pôle à l'autre. Ainsi la maison semblait prise dans
ce mouvement inlassable de la roue. La besogne emplissait la maison* […]
(p. 175). Florentine et Rose-Anna ont beau exister, intérieurement, en
dehors de cette fatalité de la roue, soit par la rêverie, soit même par l'ennui,
leur destin n'en est pas moins fixé par elle. Elle crée un *envoûtement (ibid.),*
qui ne peut être brisé que par une intervention extérieure et, bien entendu,
linéaire. Ici, c'est Azarius qui rentre du travail et qu'amène le *bon vent,* pré-
tend-il : sa grande idée, c'est d'aller aux sucres — et on sait tous les mal-

heurs qui résulteront de ce « bonheur d'occasion », qui prend ici la forme du voyage et de l'évasion.

Ainsi la monotone besogne autour de laquelle s'organise la vie familiale et qui est un cycle éperdu de rituels de subsistance représente-t-elle le lot sacré qu'il faut à tout prix éviter de mettre en péril en y introduisant les *surprises* de l'extérieur. Il faut rester à l'abri du vent, qui est masculin (Jean, on l'a vu, est le *vent dur et cinglant* pour Florentine [p. 117] ; Azarius apporte le prétendu *bon vent* de la surprise à Rose-Anna [p. 175]). La femme sera comparée, ailleurs, à la neige harcelée par le vent et semblable à *une danseuse que poursuit le claquement du fouet* d'un maître brutal (p. 29). Le vent étreint la neige-danseuse, ne la laisse pas s'échapper : [...] *épuisée mais ne pouvant s'empêcher de tourner, elle dansait là, dans la nuit, et restait prisonnière de ses évolutions (ibid.).* La femme est prise au piège de son désir. C'est particulièrement le cas de Florentine, mais la mère est aussi vouée à l'encerclement, cette fois par une réalité qui est d'abord celle de la misère matérielle et qui se prolonge dans la souffrance, le malheur affectif. La ronde des soucis matériels qui assiège en permanence Rose-Anna ne fait place qu'aux vives blessures de la mère éprouvée successivement par la perte de Daniel, les tourments pressentis de Florentine, la menace qui pèse sur Eugène, le sacrifice d'Yvonne, la fuite d'Azarius.

Pour Florentine donc, la vie est un cercle infranchissable. Elle voudrait associer son destin à celui de Jean, échapper comme lui à la misère du quartier et, d'abord, à celle de sa famille. Son amour pour Jean est *aussi* le désir de l'évasion dont les hommes semblent avoir le secret et, dans l'espoir de s'attacher le jeune homme, elle l'attire dans le piège grossier de l'amour physique. Ce piège sera vite mis en pièces par Jean, qui voit compromise par lui sa réussite personnelle. Le rapport de l'homme et de la femme montre bien ici l'incompatibilité de leurs univers. La violence faite à Florentine, dans la maison familiale momentanément désertée, c'est d'abord l'atteinte de la virginité par l'impétuosité masculine (mais il faut y voir aussi, de façon complémentaire, un piège virtuel que la victime elle-même, plus ou moins consciemment, tend à l'homme — piège aussitôt renversé, traversé par le souci masculin de liberté). C'est encore la misère-femme, lâchement abandonnée par l'homme en mal d'évasion. C'est, comme on l'a vu, la neige cravachée par le vent et, plus encore, si l'on explore les résonances thématiques, le tissu urbain déchiré, à l'image du tissu social, dont le symbole saisissant est cette place Saint-Henri que *coup*[ent] *violemment en deux parties* — que violent, en somme — les trains hurleurs (p. 35), lesquels affirment l'ailleurs au sein de l'ici. Jean traverse la vie de Florentine comme les trains, les cargos traversent Saint-Henri en quête d'horizons ouverts. Il traverse et saccage. La rencontre amoureuse, loin de retenir Jean prisonnier, est le moment d'un arrachement décisif, qui détermine sa fuite et le début de son ascension sociale. Florentine est celle qui reste avec, autour d'elle, comme un cercle infranchissable, ses illusions détruites et ses désirs insatisfaits.

Le tourbillon

Quand Florentine s'amène à la soirée de danse chez Emmanuel, au chapitre X, elle est furieuse que Jean ne soit pas venu la prendre comme elle l'espérait (p. 129). C'est un deuxième rendez-vous manqué, en quelques jours, avec l'homme qu'elle aime. Pour le premier, Jean l'avait invitée au cinéma Cartier et s'était caché pour la voir *prise dans son filet* (p. 37). Maintenant, Jean est carrément absent et c'est Emmanuel, en quelque sorte, qui se substituera à lui, grâce à une opération imaginaire dont Florentine prendra entièrement l'initiative. Voyons comment.

Que Florentine soit associée, de façon essentielle, au motif du cercle, nous en avons la preuve en particulier dans cet épisode où la jeune fille se révèle être la meilleure danseuse et, par son brio, réussit à envoûter toute l'assistance présente dans le salon des Létourneau.

Dès son arrivée, avant même de pénétrer dans la maison inconnue, Florentine est happée par le tourbillon de la danse, laquelle est mimée par la neige dans la clarté des vitres : *Ce devait être des danseurs là-haut dont les ombres passaient et repassaient devant les fenêtres rouges. La neige tournoyait dans le reflet des vitres, elle dansait elle aussi, on la voyait virevolter en flocons distincts, elle tournait autour de la lumière comme des phalènes dans le halo d'un lampadaire. Il y avait une infinité de flocons, blancs et souples, qui venaient se heurter aux fenêtres et mouraient là, collés à la vive clarté*

(p. 130). On voit se conjuguer ici plusieurs motifs. Il y a le feu, suggéré par les fenêtres rouges et par les lampadaires sur lesquels viennent se brûler les phalènes (papillons de nuit). Il y a la neige-danseuse, dirigée par le vent et se heurtant aux surfaces qui brisent son élan, la font mourir. Il y a le miroir (« reflet des vitres »), qui inspire l'action mimétique de la neige (elle imite les danseurs). Il y a surtout le tournoiement, le tourbillon dans lequel sont pris les flocons et qui leur confère leur vie et leur intensité. Ces motifs seront repris plus loin en association avec la danse de Florentine, danse qui figurera le destin même de la jeune fille.

Le récit fait d'abord de Florentine *le point de mire* de toute l'assemblée (p. 138). Étrangère à la petite société qu'Emmanuel a réunie autour de lui, Florentine est consciente d'être une énigme pour ces gens qui, en silence, la regardent danser avec le héros de la fête. Point de mire, elle reflète et incarne le désir de chacun, à la façon d'un miroir. Bien au centre, et au centre du centre puisqu'elle est la passion de cet Emmanuel qui l'entoure de ses prévenances, Florentine assume pleinement son rôle, celui de la neige prise dans un tourbillon et prisonnière de ses évolutions, mais capable d'entraîner tout le monde autour d'elle dans le mouvement de son désir — sauf, bien entendu, celui qui n'est pas là, qui se soustrait d'emblée à son emprise et qui, de ce fait, demeure le maître. Mais il s'agira justement pour Florentine de se donner au maximum l'illusion de la maîtrise : posséder cet amoureux transi, Emmanuel, et tous ces gens qui l'entourent, n'est-ce pas le gage de la réussite espérée ? L'encerclement commence donc. Le feu envahisseur est d'abord à l'intérieur de Florentine : *Ce sentiment de défi* [...] *gonflait son cœur et colorait ses joues (ibid.).* Puis il éclate à l'extérieur : [Ses yeux étaient] *deux petites lampes dont la lueur vacillante mettait un point brûlant dans chacune de ses prunelles (ibid.).* Le feu symbolise l'ardeur, la passion, l'affirmation effrénée de la vie, laquelle est exaltée par la danse, qui suspend les conduites quotidiennes pour faire survenir un ordre nouveau, plus en rapport avec l'essentiel.

Et le corps de Florentine devient un foyer de forces en expansion : le *petit collier de corail* fait comme une chaîne autour de son cou, puis ses bras *comme une chaîne autour d'Emmanuel*, et sa robe *bruissant autour d'elle (ibid.)* : sa présence est symboliquement projetée dans toute la pièce, en même temps que sa position centrale est réaffirmée. En effet, Florentine est assimilée à l'axe central, à la verticale autour de laquelle tout et tous gravitent, et ainsi elle est au-dessus d'elle-même, dans une région qui lui permet de dominer la réalité : [...] *et ses talons hauts claquant sur le plancher nu, elle était Florentine, elle dansait sa vie, elle la bravait sa vie, elle la dépensait sa vie, elle la brûlait sa vie, et d'autres vies aussi brûleraient avec la sienne (ibid.).* La frénésie circulaire de la danse fait du centre un foyer, un feu qui se consume et qui consume tout autour de lui. Florentine *est* elle-même, coïncide avec sa nature essentielle et avec son destin. Et cette maîtrise est en même temps destruction, de soi et des autres. On ne peut accéder à l'absolu sans mettre en péril la réalité quotidienne.

Si Florentine se donne à ce point à la danse, c'est parce que l'existence absolue à laquelle la danse lui donne accès représente la seule région où la rencontre de l'homme qu'elle aime est possible, hors d'un réel qui lui apportera toujours la déception. Le réel, cependant, peut prêter des éléments au désir, pour qu'une certaine satisfaction survienne. C'est ainsi que, rêvant à Jean dans les bras d'Emmanuel, Florentine en vient à confondre les deux jeunes gens et à assouvir imaginairement son amour : *D'un geste câlin et doux, elle allait jusqu'à appuyer sa joue contre celle du jeune homme et alors elle sentait contre sa robe mince un bourdonnement si fort, si près, qu'elle ne savait plus si c'était son cœur ou celui d'Emmanuel qui se dépensait en sauts précipités* (p. 139). Le cœur d'Emmanuel est tel que devrait être celui de Jean, tel aussi que celui de Florentine totalement vouée à la passion. Et ce passage nous offre l'exemple étonnant et rare d'une *métaphore humaine,* où un homme est là pour un autre, exactement comme un mot se substitue à un autre dans la métaphore, sur la base d'une parenté partielle de sèmes. Emmanuel, *c'est* Jean ; et inversement, Jean est ce corps bouleversé, ce soupirant attentionné qui étreint Florentine. On trouve, dans un contexte littéraire très différent, une substitution semblable dans la fameuse scène de la *Phèdre* de Racine où l'héroïne fait à Hippolyte l'éloge et le portrait de Thésée tout en mettant en cause, de plus en plus nettement, Hippolyte lui-même, véritable objet de sa flamme. Thésée est la métaphore d'Hippolyte, comme Emmanuel est celle de Jean.

La métaphore Emmanuel-Jean est d'autant plus motivée, dans cet épisode de la danse, qu'elle annonce implicitement le dénouement de l'intrigue amoureuse : le mariage de Florentine avec le jeune soldat. Florentine se rabattra sur Emmanuel exactement comme, ici, elle tire parti de sa présence et de la danse pour conjurer sa déception.

Le tourbillon représente une intensité de vie extraordinaire, où le moi (féminin — il s'agit, en l'occurrence, de Florentine) est soustrait à toute forme de malheur et de préoccupation triviale, vit à hauteur de destin. Mais le temps fait son œuvre, et il faut bien passer à une forme d'existence moins exaltante, plus conforme à la réalité. Les phalènes qui tournent dans la lumière le font jusqu'à l'épuisement et à la mort, et indiquent ainsi le destin de toute passion ; or, la femme qui sort du tourbillon n'est pas nécessairement précipitée d'un coup dans la réalité misérable. Une transition s'avère possible.

La vague

Une sorte de rémission est accordée à Florentine, après le tourbillon du rêve, et cette rémission revêt symboliquement la forme de la vague. La vague n'est pas avant tout verticale ; elle est surtout horizontale, mais elle comporte une dimension d'élévation et une dynamique en partie circulaire. Elle réunit donc la linéarité propre à l'évasion masculine et l'encerclement bien féminin de la passion aveugle, et permet de prolonger un moment l'enchantement ; mais, de même que, dans l'univers physique, elle est promise à l'anéantissement inexorable, parfois brutal, elle se brise tôt ou tard, dans *Bonheur d'occasion*, sur l'écueil du réel.

Au chapitre VI, après le dîner au restaurant auquel l'a invitée Jean, Florentine connaît un moment d'exaltation amoureuse quand le jeune homme, qui la reconduit jusque devant chez elle, l'embrasse dans l'ombre. La couleur thématique du passage est donnée par l'indication suivante, qui prépare l'épisode de la danse chez Emmanuel : *Et le vent autour d'eux tourbillonnait, et la neige glissait entre leurs visages rapprochés, s'y fondait et courait entre leurs lèvres en minces gouttelettes* (p. 87). Le tourbillon de vent suggère l'impétuosité du désir masculin tandis que la neige, tout près, s'abolit dans la chaleur du contact, comme la phalène se brûle à la lampe.

Ici encore, le couple vent-neige reproduit, sur la scène de la nature, celui des amoureux. Puis Jean embrasse Florentine sur les paupières, et il la quitte en sifflant presque — le mot « siffler » comporte la labio-dentale « f » associée au thème de l'évasion masculine (vent, voyage…). Jean est celui qui s'éloigne, d'abord et avant tout. Le tourbillon provoqué par l'attitude affectueuse du jeune homme, si peu coutumière, subsiste un certain temps : *Et Florentine, dans un grand tourbillon qui la soulevait, l'entraînait, songeait : « Il m'a embrassée sur les yeux » (ibid.).* Rentrée chez elle, Florentine est accueillie par la voix de sa mère, qui ne la tire pas encore de sa jubilation : *Une grande vague la supportait, elle roulait avec cette vague dans une ivresse qui lui pinçait parfois le cœur (ibid.).* La vague ici prend naturellement le relais du tourbillon, mais en traduisant dans la durée ce qui était d'abord l'affaire d'un grand *instant* (hors du temps). La voix de Rose-Anna reprend alors sa complainte faite d'inquiétude et de malheur, la voix de la réalité la plus contraignante. Florentine résiste encore : *La vague bondissante portait toujours Florentine. Quand elle la soulevait très haut, elle sentait son cœur brusquement se serrer. Comment les petites misères quotidiennes auraient-elles pu désormais la toucher ! […] Une vague la berçait qui était souple et longue et ondoyante. Il y avait des replis où l'on sombrait avec toutes ses pensées, toute sa volonté, où l'on n'était plus qu'une aile, qu'une plume, qu'une frange, emportée toujours plus vite, toujours plus vite* (p. 88). Si le cœur se serre, c'est sans doute que les misères quotidiennes se rappellent à lui malgré la négation qu'il leur oppose. Le bonheur est si fragile ! « Aile », « plume », « frange » sont toutes choses légères et périssables. Le moi est mené par la vague comme la neige, vite fondue, par le tourbillon du vent, et comme Florentine aussi qui voudrait être prise et emportée par Jean dans un destin de rêve.

Rose-Anna continue d'énumérer ses motifs d'inquiétude, et Florentine est finalement atteinte quand sa mère lui annonce une nouvelle grossesse. La réaction est vive : *Tout à coup, Florentine entra dans la réalité. La vague d'ivresse l'abandonnait. Elle la rejetait durement* (p. 89). La réalité, on le voit, a presque raison de l'enchantement dans lequel vit la jeune fille depuis le baiser de Jean. Toutefois, la vague renaît, Florentine réussit à faire abstraction du quotidien, notamment en rejetant l'exemple auquel il est associé. C'est ici que prend place le passage très important où Florentine se promet de vivre à sa guise, alors que, pour sa mère, il ne peut s'agir que de vivre comme on peut : *Moi, je ferai comme je voudrai. Moi, j'aurai pas de misère comme sa mère (ibid.).* « Misère », « mère », ces mots font rime et communiquent aussi par le contenu. Chez Gabrielle Roy, et dans *Bonheur d'occasion* surtout, la mère est la détentrice par excellence des attributs de la misère. Refuser le destin de Rose-Anna, pour sa fille, consiste essentiellement à refuser le destin de mère, avec ce qu'il comporte d'emprisonnement dans une vie de privations et d'abnégation.

Une fois cette promesse faite à elle-même, Florentine se donne encore au rêve : *La vague roulante l'enserrait de nouveau, la reprenait, la soutenait, la soulevait très haut et chantait à ses oreilles dans un ruissellement limpide, une sorte de rêveuse musique qui lui promettait une vie heureuse (ibid.).* Elle se couche dans cette disposition d'esprit très positive, mais c'est sa petite sœur Yvonne à côté d'elle qui prend le relais de la souffrance, se posant des questions qui ne sont pas de son âge, et assure la reconduction, de mère en fille, de la misère, laquelle est le cœur même de la réalité vécue et assumée par les héroïnes de Gabrielle Roy.

Le motif de la vague qui se brise contre les écueils de la réalité est repris, beaucoup plus loin, sur le mode implicite. Il est sous-jacent à un épisode du chapitre XXI où l'on voit en premier lieu Florentine, pensant qu'elle est enceinte, faire des recherches pour retrouver Jean qui l'a abandonnée. Ses démarches restent vaines et voilà que, sans raison particulière, elle se remet à espérer : d'abord de n'être pas enceinte ; puis de pouvoir se refaire une vie agréable, et même heureuse. Dans un casse-croûte où elle s'arrête, elle fait jouer de la musique et se prend à rêver — non plus d'amour, mais d'une vie simple et bonne retrouvée auprès de sa mère et de sa famille. Et elle se rend chez elle, après avoir conclu en elle-même ce pari avec le destin : [...] *si, de retour à la maison, elle n'y trouvait rien de changé, elle pourrait alors conclure que son angoisse était fausse* (p. 267-268). Eh bien, chez elle, tout est chambardé, les nouveaux locataires occupent la maison conjointement avec les Lacasse, dans un charivari invraisemblable qui, cette fois, a eu raison du courage de Rose-Anna. La pauvre femme est effondrée. Et Florentine l'est aussi. Son espoir, cette faible vague qui l'a portée jusque chez elle, s'anéantit devant une réalité impossible à assimiler.

Et ce qui donne le coup de grâce à la jeune fille, ce qui brise la vague plus qu'aucun autre écueil, c'est la manifestation de sa grossesse, qu'elle n'arrive plus à se cacher à elle-même ni à Rose-Anna horrifiée (p. 273). La maternité apparaît ici encore comme un mal absolu, dans la mesure où elle détermine catégoriquement la misère. L'enfant né hors du mariage (celui de Florentine), tout comme l'enfant tardif venant s'ajouter à une progéniture déjà trop nombreuse (celui de Rose-Anna), pourrait s'appeler Petite Misère, surnom que recevait de son père la Christine de *Rue Deschambault*. La fillette, on le sait, est la projection avouée de l'auteure et, comme elle, la benjamine d'une famille nombreuse et réduite à la pauvreté. Dans la mythologie intime de Gabrielle Roy, la Mère enfante la Misère, notamment à cause du père qui ne joue pas son rôle et qui abandonne sa famille aux dures contraintes de la réalité.

Le tourbillon et son prolongement, la vague, sont donc les motifs par excellence qui expriment le bonheur, avec ce qu'il a d'intense et de provisoire (d'*occasionnel*, pourrait-on dire pour faire allusion au titre du roman). Ces motifs sont associés surtout à Florentine, qui est la principale incarnation féminine dans le livre, mais aussi à Rose-Anna dans l'épisode de ce bref moment de répit que représente la visite à Saint-Denis. La vue du Richelieu, en particulier, l'emplit de joie : *Avec un grand élan muet de tout son cœur, elle venait de saluer la rivière qui bouillonne au pied du fort de Chambly. Par la suite, elle se prit à guetter chaque courbe du chemin, chaque détour qui la rapprochaient du Richelieu.* [...] *Les berges se faisaient de plus en plus basses, de plus en plus espacées. La rivière coulait avec une telle tranquillité, une telle plénitude de force et de vie calme qu'on devinait à peine la grande épaisseur de ses eaux sombres sous une mince croûte de glace* (p. 197-198). La rivière qui « bouillonne », puis qui reparaît à chaque « courbe », qui s'horizontalise par ses berges basses, sa tranquillité grandissante, rappelle la vague née du tourbillon et peu à peu projetée au-dessus des territoires de plus en plus vastes du réel. Au bout de l'élan, c'est toutefois la cuisante déception — d'autant plus grande que l'espoir avait été intense. Et le premier coup porté à la joie de Rose-Anna concerne, là encore, sa double condition de mère et de miséreuse. Son frère aîné la blague sur sa nouvelle grossesse, ses belles-sœurs tirent fierté de la robustesse de leurs rejetons bien nourris et, pour couronner le tout, sa mère, la vieille Mme Laplante, manifeste son affection bien réelle par une attitude ronchonneuse, qui ne correspond pas à ce que devrait être un véritable accueil maternel. De sorte que la réalité vient saccager le vieux rêve magnifique qu'entretenait Rose-Anna de revoir son pays natal, embelli dans son souvenir par toutes les déconvenues de sa vie en ville. L'accident de camion, sur le chemin du retour, et tous les malheurs qui s'ensuivent finissent de transformer le rêve en cauchemar.

Le périple d'Emmanuel

Contrairement à Jean, à Azarius et aux hommes de Saint-Henri, en général portés à fuir leur milieu en même temps que leurs responsabilités, Emmanuel est plutôt celui qui s'éloigne pour mieux revenir et assumer la réalité dans laquelle il est né et dans laquelle il a vécu. C'est pourquoi il s'éprend de Florentine, qui incarne à ses yeux la misère du quartier qu'il chérit, mais aussi tout ce que cette vie miséreuse suppose de courage et de fierté vraie.

Emmanuel est donc associé à la ligne droite, au mouvement masculin centrifuge qui caractérise symboliquement l'armée, mais également au mouvement centripète de la prise en charge du milieu d'origine, et, ainsi, Emmanuel fait la synthèse du masculin et du féminin, tout comme Florentine, reliée au motif de la vague, alliait la droite et le cercle. Les chapitres XXV à XXVIII illustrent la démarche du jeune homme en décrivant la trajectoire d'Emmanuel en permission. Nous en avons déjà fait le résumé, mais nous sommes maintenant en mesure, tout en le reprenant brièvement, de l'enrichir de significations nouvelles. Emmanuel passe d'abord rapidement chez lui puis se rend chez les Lacasse, où le reçoit Rose-Anna en l'absence de Florentine (au chapitre XVI, c'est Florentine qui recevait Jean en l'absence de sa famille… ; le contrepoint des absences est significatif). Il se retrouve ensuite aux *Deux Records* et manifeste sa sympathie à Azarius, même si le nationalisme de l'homme ne correspond pas à ses préoccupations (au chapitre III, Jean avait méprisé ouvertement les sentiments du péroreur) ; de là, il va chez la mère Philibert où il rencontre Alphonse, qui l'entraîne dans la rue tout en lui racontant, sans se mettre directement en cause, son enfance sur la « dompe » de la pointe Saint-

Charles, puis, de façon plus explicite, l'échec de son enrôlement dans l'armée. Plus loin, il rencontre son ami Pitou, qui s'est enrôlé lui aussi pour fuir la misère, autre cas pathétique ; et il aboutit dans les belles rues de Westmount, où il se demande quel est le sens de la guerre, en rapport avec la richesse et l'oppression sociale. Mais, depuis ces hauteurs mêmes que convoitait Jean et qui déterminaient sa fuite, Emmanuel trouve la réponse dans l'image de Florentine, qui triomphe de tout : *Et tout à coup, l'image de la jeune fille le ressaisit, refoulant tout, substituant aux doutes, aux indécisions, aux violents conflits de ce soir, un désir éperdu de tendresse et de douceur* (p. 338).

Emmanuel a tracé dans la nuit un cercle immense qui le ramène à celle qu'il aime ; et c'est parce qu'il accepte et, d'une certaine façon, *aime* la misère, lui qui n'en a pas souffert — contrairement à Jean dont l'enfance a été marquée par elle et qui ne peut la supporter —, qu'il peut envisager d'aimer Florentine.

Les sphères d'existence

Les motifs de la droite et du cercle, nous l'avons vu, sont liés globalement aux univers masculin et féminin. Cependant, ces univers ne sont pas étanches et peuvent entrer en composition, déterminant des formes complexes. Emmanuel est un homme certes, mais il n'est pas un pur mâle (ou macho…) dont le comportement est axé sur la réussite sociale, comme Jean Lévesque. Il est ouvert à des réalités auxquelles les femmes sont plus spontanément sensibles que les hommes. Florentine, de son côté, a le goût de réussir et de s'évader de la misère et elle se trouve accordée, par là, à l'attitude bien masculine de Jean. Elle joint cependant à son ambition une dimension amoureuse toute féminine, qui la conduira à l'échec.

À un niveau différent, en modifiant la compréhension des notions de droite et de cercle et leur application, on peut observer ce que j'appellerai les sphères d'existence et les relations qui les unissent : autre façon d'aborder ce que Georges Poulet, dans *Les Métamorphoses du cercle,* appelle la « géométrie » qui structure l'univers subjectif d'une œuvre. Quatre sphères d'existence sont principalement représentées dans le roman.

L'individu

Il y a d'abord la sphère « individuelle », illustrée surtout par Florentine qui est fréquemment le support de la focalisation romanesque. Jean Lévesque et Emmanuel, ses prétendants (l'un souhaité, l'autre plus ou moins accepté), appartiennent aussi à ce registre qui est celui de l'exaltation du sentiment. Par tout un côté, *Bonheur d'occasion* est un roman d'amour, et Florentine est au centre de cette intrigue. L'affirmation de l'affectivité personnelle, base des relations amoureuses, fonde cette dimension importante, première, de l'individualité, qui s'inscrira subséquemment dans d'autres contextes, notamment familial et social. On peut affirmer — j'y reviendrai — que la dominante de cette sphère d'existence est l'échec.

Normalement, une sphère du couple devrait s'inscrire entre les sphères individuelle et familiale. Ce serait celle de la réciprocité amoureuse. Mais les univers masculin et féminin sont trop opposés pour que des formations stables, les réunissant, soient possibles. D'une part, l'immaturité sentimentale, favorisant le narcissisme, empêche la rencontre des êtres. D'autre part, la famille substitue son destin à l'élaboration de conduites proprement conjugales : on ne peut s'aimer sans aussitôt fonder une descendance.

La famille

La deuxième sphère est donc celle de la « famille », et Rose-Anna en est le centre. Ici, nécessité fait loi. Il s'agit de survivre, en gérant une extraordinaire pénurie. Rose-Anna doit tirer le parti maximal du moindre sou, et le sou, petit disque sombre, est bien le symbole de cette misère sans échappatoire dans laquelle on croupit. Azarius devrait seconder sa femme dans son labeur écrasant, mais il n'est le chef de famille que de nom et s'évade dans des rêveries nationalistes et mondialistes qu'il finira par concrétiser en s'enrôlant.

Florentine est le soutien de Rose-Anna, remplaçant à ce titre le père, et ce sens du devoir entre en conflit avec sa situation amoureuse. Curieusement, Florentine ne connaîtra l'amour avec Jean que pour aussitôt devenir mère : ses aspirations individuelles sont brutalement supplantées par tout un avenir d'obligations parentales, où s'anéantit d'un coup sa jeunesse. Emmanuel, proche d'Azarius par sa bonté et une certaine naïveté (même s'il est plus instruit et plus lucide), va jouer le rôle de père auprès de la jeune fille. Certes, la symétrie n'est pas parfaite, puisque Rose-Anna et Azarius s'aimaient d'amour lorsqu'ils se sont mariés, et qu'Emmanuel a un sens des responsabilités qui fait défaut à son beau-père. Il n'en reste pas moins que le mariage est le contraire de l'amour, et qu'il correspond à une réalité souvent synonyme de misère (matérielle ou morale).

La société

La sphère « sociale » est la troisième sphère d'existence. On y rencontre principalement Jean Lévesque, tout tendu par le désir de sa réussite et le besoin de quitter son milieu. Notons que, du fait qu'il a été élevé dans un orphelinat, il n'est pas freiné par les obligations familiales ; au contraire, leur absence est un stimulant précieux, et il craint plus que tout les conséquences d'un amour qui pourrait l'enfermer dans un piège de nature parentale.

À l'opposé de Jean, les jeunes chômeurs qui fréquentent le petit restaurant de la mère Philibert représentent divers tempéraments de défavorisés. Boisvert, l'envieux, est prêt à tout pour se tirer de la misère. Pitou est un petit gars sympathique, courageux, que la malchance poursuit. Alphonse, très intelligent, un peu dégénéré, crie sa révolte contre une société dont il perçoit, avec une implacable lucidité, les aberrations et la violence. Ces trois personnages secondaires peuvent être comparés aux personnages de premier plan que sont Jean Lévesque (qui ne les fréquente plus) et Emmanuel. Pitou et Emmanuel ont en commun l'aspect chaleureux et la générosité. Pitou, cependant, n'a pas fait d'études et vit dans la pauvreté. Quand Emmanuel le rencontre, au cours de son « ascension » du mont Royal, il a le cœur serré devant le destin du petit gars qui s'est enrôlé pour fuir la misère (p. 335). Boisvert fait penser à Jean Lévesque, par son ambition, mais il n'a pas les mêmes ressources, et se cantonne dans une fourberie sans envergure. Alphonse n'a sans doute pas l'instruction d'Emmanuel ou de Jean, mais sa capacité de réflexion est étonnante. Dédaigneux du genre de réussite à laquelle aspire Jean, il est une sorte de philosophe voué à la négation, tout comme Emmanuel est un philosophe de l'affirmation humaniste. La démultiplication de Jean et d'Emmanuel à travers les trois protégés de maman Philibert vient souligner l'importance de la dimension sociale dans le roman.

Toujours au même niveau, trois milieux sont représentés : Saint-Henri certes, d'abord et avant tout ; mais aussi son vis-à-vis bien nanti qu'est Westmount, incarnation par excellence de la ville ; et Saint-Denis, le village natal de Rose-Anna. Saint-Henri fait la synthèse, étant de nature urbaine comme Westmount, mais de structure modeste et traditionnelle comme Saint-Denis, dont il conserve la mentalité rurale.

Le monde

Enfin, la sphère « mondiale » est rendue présente, dans la vie des habitants de Saint-Henri, par la guerre qui mobilise maintenant les capitaux et les ressources humaines, après une décennie de stagnation économique et sociale. La fidélité à la France, chez les Canadiens français, et à l'Angleterre, chez les Canadiens anglais, alimente des nationalismes divergents mais momentanément réconciliés. L'anticonscriptionnisme des Québécois francophones cède devant le souci pratique d'échapper à la misère. La guerre apparaît à un grand nombre comme une occasion de salut, et même une occasion de sortir du patelin et de découvrir d'autres horizons. Le nomadisme, qui est une composante de la société québécoise, trouve sa satisfaction dans cette aventure sans doute risquée, mais valorisante et lucrative.

Emmanuel, de tous les personnages de *Bonheur d'occasion*, est celui qui se hisse au niveau de la sphère mondiale de la façon la plus spontanée et la plus désintéressée, car son combat vise la libération de l'homme, non le triomphe d'une patrie et encore moins l'enrichissement personnel. Par là, Emmanuel est le porte-parole de l'universalisme de Gabrielle Roy. On peut certes lui accoler l'étiquette d'idéaliste, car il agit au nom d'idéaux sincères, et, ce qui est le propre de l'idéalisme, se fait volontiers illusion sur la possibilité de les voir se réaliser. Sa discussion avec ses copains, chez la mère Philibert, montre à la fois la générosité de sa pensée et sa naïveté, quand il affirme : *Nous autres* […], *on a toujours donné tout ce qu'on avait à donner pour la guerre. On le donnera encore une fois. Mais pas pour rien, c'te fois-citte. Un jour, faut que les comptes se règlent* (p. 62). Vœu pieux, s'il en est !

J'ai donc décrit quatre sphères d'existence distinctes. Pour en mieux comprendre la nature, il importe maintenant d'examiner les relations qui s'établissent à l'intérieur de chacune, puis des unes aux autres.

Évasions horizontales

Les relations peuvent être décrites globalement en termes d'évasions, car il s'agit, à l'intérieur d'une même sphère, de se déplacer d'un point à un autre dans le but d'échapper à une situation de manque ou à un malaise.

En ce qui concerne la sphère « individuelle », c'est l'amour, bien entendu, qui se présente comme l'évasion par excellence. Il l'est pour Florentine qui, en nouant des liens intimes avec Jean, espère associer sa vie à la sienne et échapper à son milieu, connaître enfin la grande ville, tout en vivant une intense passion. Pour Jean, Florentine représente aussi une sortie hors de soi et la rencontre émouvante de certains aspects de son passé, dont il s'est détourné en choisissant la réussite individuelle. Enfin, Emmanuel, qui s'est quelque peu aliéné à lui-même en se donnant à ses idéaux humanitaires, désire retrouver dans l'amour de Florentine ce milieu qu'il reconnaît pour sien et qu'il veut réconcilier, en quelque sorte, avec le monde, plutôt que de le fuir. L'amour, c'est donc pour l'individu une ouverture à l'autre, permettant la réalisation de soi en même temps qu'un dépassement. Or, ces tentatives, d'une façon ou d'une autre, aboutissent rapidement à l'échec. Emmanuel aime Florentine qui aime Jean, mais Jean refuse l'amour de Florentine qui dédaigne celui d'Emmanuel. Entre Jean et Florentine, principaux protagonistes de la sphère individuelle, pas de réciprocité amoureuse. Florentine épousera Emmanuel, qui l'aime, mais sans payer cet amour de retour. L'incommunication, sur le plan affectif, triomphe. Chacun se retrouve seul. L'évasion, la sortie hors de soi par l'amour, est un échec.

La sphère «familiale», qui prend de plus en plus de place dans le roman au fur et à mesure que celle de la sphère individuelle diminue, et qui apparaît comme un aboutissement fatal pour Florentine incapable de se réaliser à l'autre niveau, est elle aussi travaillée par des ferments de destruction. Rose-Anna verra peu à peu le cercle se restreindre, avec le départ d'Eugène, la maladie puis la mort de Daniel, le mariage de Florentine, la future prise de voile d'Yvonne, l'enrôlement d'Azarius. Tous ces départs témoignent de la menace qui pèse sur une institution humaine bien accordée au mode de vie rural, comme le montre la tribu qui prospère, au moins physiquement, autour de la vieille Mme Laplante, mais beaucoup moins accordée à la ville, davantage faite pour l'aventure individuelle.

La famille, à Saint-Henri, reste tout de même assez forte pour compromettre les chances de l'affirmation individuelle et pour récupérer ceux qui ont fait l'expérience d'un échec. Florentine sera bien vite maman, et Emmanuel fera un bon papa, à défaut d'être le vrai. La logique familiale se substitue complètement à celle de l'amour (individuelle).

On trouve, dans *Bonheur d'occasion,* un exemple saisissant de relation horizontale dysphorique. Il s'agit non pas d'évasion, comme lorsque les gens désertent leur famille, mais d'invasion. L'événement survient quand, les Lacasse devant quitter une fois de plus leur foyer pour leur migration annuelle, les nouveaux locataires arrivent et s'installent. Plus exactement, ils sont contraints de partager l'espace domestique restreint avec les Lacasse qui n'ont pas encore de nouveau chez-eux. Tout se passe comme si deux sphères familiales se percutaient, s'emboutissaient, laissant Rose-Anna, d'habitude si courageuse, complètement défaite. Elle, la mère, n'est plus la mère, elle « est » l'ombre d'elle-même, et la famille se retrouve sans axe, sans pilier. Or, cette invasion catastrophique ne fait que répercuter, au niveau familial, une autre invasion, dans la sphère individuelle : Florentine est enceinte, ce qui représente pour elle un décentrement, une perte de l'axe personnel. En vain, elle cherche refuge auprès de sa mère accablée. Quand Rose-Anna prend conscience de son état, elle lui jette un regard horrifié, puis elle refuse aussitôt cette conscience. En somme : l'enfer !

Sur le plan de la représentation « sociale », les relations horizontales sont constituées par des déplacements d'un milieu vers un autre. Le plus spectaculaire est la visite à Saint-Denis, où Rose-Anna pense retrouver le bonheur de son enfance ; or, c'est le choc brutal de la campagne et de la ville qui a plutôt lieu, et qui dépasse de loin la joie des retrouvailles. L'érablière, lieu mythique de la douceur retrouvée, maternelle, du sucre régénérateur, est interdite à la pauvre femme dont la grossesse est trop avancée. Elle doit plutôt avaler les maximes affligeantes de sa vieille mère, à l'affection maladroite.

On sait quel prix la famille Lacasse devra payer cette incursion au pays d'un bonheur problématique. En même temps, Florentine, qui reçoit Jean à la maison, tâte aussi de la grande évasion, amoureuse celle-là, et signe un engagement ferme avec le malheur. Autre exemple d'aventure individuelle qui redouble une aventure à un autre niveau.

Il y aura d'autres déplacements funestes, au sein de la sphère sociale. Par exemple, Daniel, tombé malade, est exilé loin de son milieu, à l'hôpital pour enfants de Westmount. Il est soigné par une pure anglophone, Jenny, qu'il adore, mais Rose-Anna se sent cruellement dépossédée de son enfant et blessée dans son identité culturelle. Westmount, on le sait, représente la ville dominatrice et étrangère, pour les défavorisés des faubourgs. Et Emmanuel, qui pourrait comme Jean aspirer à la réussite sociale, et que sa marche rêveuse conduit jusque sur les hauteurs des quartiers riches, y précise son choix de Saint-Henri et de Florentine conjugués, ce qui tout de même le voue à un mariage dont la réussite est problématique. La confrontation entre Westmount et Saint-Henri est aussi explosive que celle entre Saint-Henri et Saint-Denis.

Pour finir, la sphère « mondiale » offre plus que les autres encore le spectacle de la discordance, des relations incompatibles entre les éléments qui la composent, puisque la guerre y règne, la guerre mondiale, qui fera des millions de morts et des ruines incalculables. Sans doute le Québec n'est-il pas encore atteint directement par cette folie meurtrière gigantesque, mais les régiments de volontaires s'apprêtent à y prendre part, et la dernière ligne du roman suggère le pire : *Très bas dans le ciel, des nuées sombres annonçaient l'orage* (p. 405).

En conclusion, il faut noter, à l'intérieur de chacune des sphères d'existence, la présence de relations très négatives entre ses éléments constitutifs. C'est là l'image d'un monde menacé, à tous les niveaux. La communication n'existe ni sur le plan individuel (quand Emmanuel serre Florentine dans ses bras, elle rêve de Jean), ni sur le plan familial (Florentine ne trouve pas plus de réconfort auprès de Rose-Anna que celle-ci auprès de la vieille Mme Laplante), ni sur le plan social (à chacun sa chance : Jean sacrifie tout à sa réussite), ni dans le vaste monde, livré à la plus dévastatrice des guerres.

Pourtant, tout n'est pas uniformément sombre dans le roman ; et si les évasions (ou, parfois, invasions) horizontales s'avèrent invariablement funestes, d'autres évasions connaîtront la réussite.

Évasions verticales

Ces évasions, qui portent généralement très bien leur nom, consistent à passer d'une sphère à une autre, notamment pour adoucir ou réparer l'échec d'une évasion horizontale.

C'est ainsi que Florentine, profondément blessée dans son amour, après une nuit horrible où elle fait le deuil de ses espoirs de jeune fille, choisit la solution du mariage de raison avec l'homme qu'elle n'aime pas, mais qui lui apportera la sécurité matérielle et le soutien de son affection. La vie familiale — celle d'une nouvelle cellule dont elle sera le centre, comme Rose-Anna est le centre de la famille Lacasse — se substitue à la vie amoureuse dont rêvait Florentine. Le sens pratique prend désormais le pas sur le rêve et la passion. Il y a là, tout de même, une réussite : *Emmanuel… avec lui, elle en convint, elle était mieux mariée qu'elle ne l'aurait été avec Jean. Il se livrait dans un regard, un mot, celui-là, et on savait à quoi s'attendre. Bien sûr, elle n'espérait plus de violentes émotions, mais elle apercevait l'aisance, la tranquillité qui la dédommageraient de ses peines. Et cette aisance, cette tranquillité, elle l'étendait à sa mère, à ses sœurs et frères, avec l'orgueilleuse sensation de se racheter pleinement* (p. 403).

À l'inverse de la conversion résignée de Florentine, on observe l'embardée (une de plus !) d'Azarius, qui s'arrache au contexte quotidien et familial où il dépérit, et s'élance dans la sphère mondiale pour y réaliser ses vieux rêves de justice et de liberté. Il passe donc de la vie pratique, immédiate, à la passion, il retrouve sa jeunesse avec son irresponsabilité et, pourtant, il rencontre l'assentiment de sa fille, car l'important, pour elle, n'est-ce pas de changer sa vie, de lutter sur un nouveau terrain? *Maman, songeait-elle, maman ne peut se consoler, mais papa a bien fait, il a bien fait, papa, de s'enrôler. C'est la plus belle chose qu'il a faite dans sa vie. Et maman... eh bien, maman, faudra qu'a se fasse une raison. C'est drôle quand même qu'elle prenne ça si mal... Pourtant jamais elle a eu tant d'argent!* (p. 404). Florentine méconnaît allègrement les considérations individuelles, affectives qui expliquent l'attitude de sa mère, laquelle subit, de la part d'Azarius, un abandon semblable à celui que la jeune fille a subi de la part de Jean. On voit par là que Rose-Anna, qui, du point de vue pratique, devrait se satisfaire de l'aisance matérielle enfin obtenue, est sensible à des réalités intimes que le mariage, la vie familiale n'ont pas étouffées en elle. Elle nous apparaît ainsi comme certainement plus grande, sur le plan humain, que sa fille.

L'évasion verticale, pour Jean Lévesque, consiste à sacrifier la tentation intime de l'amour, liée à l'affirmation de la dimension individuelle la plus profonde, pour se ruer vers la sphère sociale où il réalisera son besoin de posséder et de commander. C'est au moment où l'aventure amoureuse risque de se transformer en aventure familiale que cet orphelin donne le coup de barre et fuit, tout ensemble, son enfance pathétique, la misère et l'amour. Sans doute fuit-il aussi le peuple qui lui a donné sa langue et sa culture : *Out for the big things,* écrit-il à Emmanuel (p. 307), en recourant à l'idiome de la richesse et de la réussite.

Même si Rose-Anna, comme on l'a vu, reste sensible aux vérités intimes, notamment à un amour que vingt ans de mariage et de vie pénible n'ont pu étouffer, on peut voir en elle celle qui, par devoir, refuse l'évasion. Elle refuse, en tout cas, de reprendre à son compte la douleur qui sévit dans la sphère mondiale, refuse l'appel de ses sœurs de Norvège et d'Europe, pour se consacrer à son devoir de mère (p. 239-241). Sans doute cède-t-elle au désir, bien innocent, de revoir sa petite patrie, mais il s'agit là d'une évasion « horizontale », de famille à famille et de village (*Saint-*

Henri: termitière villageoise! [p. 299]) à village, et elle la paiera très cher, comme on sait. Quitter sa fonction de pilier de la famille, Rose-Anna ne saurait à aucun moment l'envisager. La défection d'Azarius, cependant, lui rend la tâche encore plus difficile — sauf sur le plan matériel.

De même qu'on pouvait parler d'*invasions* horizontales, on pourrait parler d'invasion verticale à propos d'Emmanuel, dont la trajectoire est tout le contraire de celle de Jean. Emmanuel est d'emblée une sorte de citoyen du monde, en qui revit le chevalier d'autrefois. Il s'enrôle dans l'armée pour travailler, avec un esprit très idéaliste, au triomphe de la justice humaine. Florentine, pour cet habitant de la sphère mondiale, va représenter une possibilité d'enracinement dans la dimension individuelle, qui est celle du désir concret et d'un certain égoïsme. Égoïsme tout relatif et vite dépassé dans l'ouverture au mystère de la sensibilité féminine.

Emmanuel réunit donc les extrêmes : le monde et l'individu. Obtenir la main de Florentine est la réalisation d'un très grand bonheur, et l'investissement de l'individuel à partir de l'amour le plus vaste et le plus désintéressé serait un modèle de réussite humaine, si Emmanuel, à côté de Jean Lévesque ou de Florentine elle-même, ne nous semblait un peu décharné ou *abstrait*. Son sentiment, en tout cas, n'est pas payé de retour, et on s'interroge à bon droit sur l'avenir de son aventure conjugale.

Passer d'une sphère à une autre reste donc le seul moyen, pour les personnages de *Bonheur d'occasion,* d'échapper au malheur ou à la misère et de se réaliser humainement. Les hommes y arrivent plus facilement que les femmes, car la fuite est une tentation inscrite profondément en eux (une exception : Emmanuel, qui inverse la fuite en rapprochement ; il n'en a pas moins choisi d'aller se battre au loin — loin, notamment, de sa famille bourgeoise qu'il aime, mais ne peut supporter).

Florentine va trouver une forme de salut dans le destin de mère de famille, et donc rallier la sphère où se cantonne Rose-Anna. Ainsi, elle sacrifie une passion qui était liée à l'évasion telle que Jean l'incarnait à ses yeux. Elle choisit le *cercle,* c'est-à-dire l'enfermement dans la réalité pratique, sinon la misère matérielle qui lui est souvent associée. Et il convient, pour conclure notre étude des thèmes, de montrer le jeu des relations entre ces deux grands pôles de la représentation romanesque que sont le rêve et la réalité.

Rêve et réalité

Le personnage le plus porté au rêve et au rejet des soucis quotidiens est sans aucun doute Azarius, homme resté jeune et enthousiaste malgré les difficultés qu'il a connues, en particulier dans son travail. Son optimisme inaltérable le pousse à minimiser les inconvénients de sa situation et à imaginer qu'il retrouvera son métier et la relative aisance perdue. Azarius est avant tout, pour Rose-Anna qui doit assumer la lourde responsabilité du fonctionnement de la maison, le messager inspiré de la joie, qui sait mettre entre parenthèses la routine et déclencher la ronde des espoirs fous : *Oh, qu'elle l'entendait bien la voix qui n'avait pas su la calmer dans la peine, la rassurer dans l'inquiétude, mais qui, cinq fois, dix fois peut-être dans sa vie, à des moments fulgurants, avait su la soulever jusqu'aux sommets les plus hauts de la félicité! […] Pouvait-il se douter de l'émoi qui la soulevait, Azarius, cet homme extraordinaire! Encore une fois, n'avait-il pas trouvé le chemin où ses désirs refoulés se cachaient, comme effrayés d'eux-mêmes. « Les sucres!… » Ces deux mots avaient à peine frappé son oreille qu'elle était partie rêvant sur la route dissimulée de ses songeries* (p. 177). Azarius, c'est donc le rêve et, plus encore, le rêve contagieux puisqu'il peut éveiller cette disposition à écouter la voix de ses désirs refoulés même chez une personne sérieuse et prévenue contre les dangers du bonheur comme l'est Rose-Anna. Celle-ci est soulevée par l'émoi tout comme Florentine, dans la danse, s'élevait au-dessus d'elle-même, se haussait jusqu'à ce point idéal où elle *était* pleinement Florentine. Le rêve, accessible par le tourbillon, est la véritable patrie de l'être ; la réalité est l'espace du sous-être : on y végète, mais on n'y vit pas vraiment.

Telle est bien la condition habituelle dans laquelle se maintient Rose-Anna : elle incarne le sens de la réalité avec autant de constance, malgré quelques abandons à sa sensibilité profonde, qu'Azarius incarne, de son côté, le sens du rêve. Pour ce qui est de cette génération, qui est celle des parents, les choses sont donc claires, tranchées. L'un est l'opposé de l'autre, et la complexité vient seulement du fait que, normalement, on devrait trouver le sens des réalités chez l'homme, et la sensibilité rêveuse (prédominante) chez la femme. Or, Rose-Anna est bien le chef de la famille Lacasse, et Azarius cumule les traits traditionnellement féminins : jeunesse, beauté, irresponsabilité. Gabrielle Roy ne craint pas de contredire les stéréotypes véhiculés par une société ouvertement patriarcale — et secrètement matriarcale.

Dans la génération des jeunes, les choses sont plus complexes. Florentine, au début du roman, malgré l'aide qu'elle apporte à sa famille, est du côté du rêve et plus précisément de l'amour, et c'est à Jean Lévesque qu'elle demande un soutien pour atteindre le bonheur qu'elle vise. Or, Jean est *ce jeune homme sans rêve qui* [s'est] *donné au travail comme à une revanche* (p. 26) et qui ne s'encombre pas d'affections susceptibles de le distraire de son objectif. Il est, si l'on veut, le non-rêve, qui suppose une sorte de retournement contre elle-même de la faculté de rêver, et l'application de l'énergie du désir à une ambition d'ordre pratique — et non la réalité telle que l'incarne Rose-Anna, cette quotidienneté qui est un piège (un cercle) et qui limite les élans profonds de la personnalité. Jean ne rêve à rien, sauf tout de même à cette réussite très précise qu'il se donne les moyens d'atteindre et qui, à certains égards, peut faire penser aux projets d'évasion d'Azarius.

Si Jean incarne le non-rêve, Emmanuel incarne la non-réalité dans la mesure où, tout en ayant un sens des responsabilités que n'a pas Azarius (il n'incarne donc pas le rêve à l'état pur), il rejoint celui-ci dans sa conception d'idéaux vastes et assez vagues, et dans son sens de l'humain. La non-réalité dans laquelle vit Emmanuel trouve une expression normale dans son amour (teinté de rêve) pour une Florentine qui ne l'aime pas, alors que le non-rêve dans lequel vit Jean débouche sur le rejet de Florentine.

Partie du rêve, la fille de Rose-Anna aboutit donc à la réalité après la fuite de Jean. C'est au cours de cette nuit terrible chez son amie Marguerite L'Estienne qu'elle fait le deuil de son amour et de sa jeunesse : *Il lui sembla avoir été soumise au cours de la nuit à des traitements si cruels que son cœur, à la fin, en était devenu comme insensible. Son amour pour Jean était mort.*

Sa jeunesse était morte (p. 282). Le même mouvement qui produit la mort du rêve chez Florentine détermine un passage au premier plan de la figure de Rose-Anna, la mère Misère et le parangon du réel. La quête amoureuse d'Emmanuel, qui mime le rêve et son cortège de tendres illusions sans les incarner tout à fait, viendra s'inscrire en filigrane sur le triomphe de la vérité pratique, illustrée par Florentine. Le champion de la non-réalité épouse la réalité, non le rêve, et on imagine sans peine les difficultés qui s'ensuivront.

Application

A la fin du chapitre VIII, après que Jean a présenté Emmanuel à Florentine au casse-croûte où celle-ci travaille, on lit le passage suivant (je souligne) :

Elle suivait Jean des yeux, penchée vers lui, mordue par *cette crainte qu'elle éprouvait, chaque fois qu'elle le voyait s'éloigner, de ne plus jamais le revoir.* Jean... elle avait l'impression qu'il faisait aussi froid dans ce cœur que la nuit où ils s'étaient réchauffés l'un à l'autre. Jean, il était le vent dur et cinglant, *l'hiver profondément ennemi de cette soudaine douceur que l'on éprouve en soi à l'espoir du printemps.* Lui et elle... ils s'étaient *reconnus dans la tempête. Mais le froid, la tempête cesseraient.* Lui... il était entré dans sa vie comme un éclat de bourrasque qui saccage, détruit. Jean... il était peut-être entré dans sa vie *afin qu'elle vît bien, le premier tourbillon apaisé, toute la laideur, toute la misère qui l'entouraient.* Ainsi, jamais elle n'avait remarqué comme aujourd'hui la dolente résignation écrite sur les visages des pauvres attablés. *Jamais d'ailleurs elle ne s'était sentie si près d'eux et si furieuse de cette ressemblance !* Jamais toutes ces odeurs de graisse chaude, de vanille, ne l'avaient autant écœurée ! Et Jean s'en allait comme si son œuvre était accomplie, et qu'il ne lui restait plus rien à faire ici... Mais *Jean, c'était quand même sa fuite longtemps combattue en elle-même,* Jean c'était celui qu'il fallait suivre, jusqu'au bout, pour toujours. Jamais elle ne le laisserait s'échapper. (p. 117)

- Expliquez le sens des expressions soulignées, en les analysant et en les éclairant éventuellement par des rapprochements avec d'autres passages du roman.

- Aux chapitres I (p. 17), XV (p. 201 et suiv.), XVI (p. 210), XXII (p. 318-319), XXX (p. 362-363) et XXXII (p. 388-389), il est question, de diverses façons, du lien héréditaire qui unit l'enfant à sa mère. Quel aspect revêt l'hérédité dans *Bonheur d'occasion* ?

Peut-on rapprocher ce thème de la problématique naturaliste (voir Émile Zola) ?

- Les motifs de la droite (de l'élan, du passage, du voyage…) et du cercle (du piège, de l'enfermement, de la stagnation…) peuvent rendre compte de la logique d'oppositions (ou logique binaire) qui régit la représentation romanesque, à un certain niveau. Appliquez-les au chapitre XXI, où Florentine se promène dans Saint-Henri, à la recherche de Jean et, surtout, d'elle-même, en vous attardant essentiellement aux passages qui concernent l'évocation du printemps (p. 257-258), le passage du navire marchand (p. 260-261), le contraste entre le sort de Jean et celui de la jeune fille (p. 262), la misère de l'amour (p. 262-263) et la vie familiale (p. 264).

3

L'ÉCRITURE

Une écriture chargée de sens

Par l'importance qu'elle accorde à ses personnages et au contenu humain de son histoire, Gabrielle Roy est aux antipodes de la modernité telle que l'incarne le Nouveau Roman français, qui déconstruit la représentation du vécu au profit d'une vision formelle, non anthropomorphique des choses. (On lira plus loin, dans les « Documents complémentaires », le témoignage de l'auteure concernant la nouvelle école du roman.) Toute description animiste des objets, telle qu'on la trouvait dans le roman balzacien par exemple, est rejetée par Alain Robbe-Grillet, dans *Pour un nouveau roman*. Pour l'auteur du *Voyeur*, il faut peindre un univers objectif, vidé des intentions humaines[*]. Chez Gabrielle Roy, la réalité humaine est au premier plan, et l'écriture est accordée à cette conception. Elle n'a pas la sécheresse d'un certain réalisme, ni la précision maniaque, hyper-réaliste, dirait-on aujourd'hui, de certaines proses modernes aux tendances formalisantes. Elle vise avant tout à faire sentir les présences — choses ou êtres humains — et les atmosphères où elles baignent. L'intériorité étant au premier plan, c'est à travers elle que les événements nous sont généralement présentés. La première phrase du roman, à cet égard, est exemplaire : *À cette heure, Florentine s'était prise à guetter la venue du jeune homme qui, la veille, entre tant de propos railleurs, lui avait laissé entendre qu'il la trouvait jolie* (p. 9). Les modalisations d'événements sont ici capitales. Deux événements, l'un présent, l'autre passé : Florentine rêve de Jean, la veille Jean s'est intéressé à elle. Ces événements ne sont pas énoncés platement. L'attente de Florentine est chargée de suggestion : « s'était prise à guetter », plutôt que « avait commencé à… ». L'expression suggère l'intense participation émotive de la jeune fille, véritablement *prise* à son jeu. Quant à la

---

[*] Voir, par exemple, « Une voie pour le roman futur », dans *Pour un nouveau roman,* Paris, Gallimard, coll. « Idées », 1963, 183 p., p. 17-27.

déclaration de Jean, elle se fait par sous-entendus, laisse place à l'interprétation, ce qui est de nature à exciter le désir de la jeune fille. Dans une écriture qui semble à première vue représenter les choses au premier degré, avec une grande simplicité, il faut donc être attentif aux subtilités et aux complexités de la modalisation, par laquelle les objets de la description sont rapportés aux points de vue des personnages.

Dans de nombreux passages, on pourrait relever des procédés par lesquels l'écriture favorise la participation du lecteur à l'action représentée. Par exemple, dans le passage déjà cité de la danse chez Emmanuel, les reprises de mots créent une sorte d'envoûtement comparable à celui de la musique sur la sensibilité de Florentine : *Eh bien,* elle leur montrerait *qu'elle savait plaire* à Emmanuel, *et pas seulement* à Emmanuel si elle le voulait, *à tous les jeunes gens* si elle le voulait, elle leur montrerait *qui* c'était donc que Florentine ! [...] elle était Florentine, *elle dansait* sa vie, elle la *bravait* sa vie, elle la *dépensait* sa vie, elle la brûlait sa vie, *et d'autres* vies *aussi* brûleraient *avec la sienne* (p. 139). C'est souvent par de tels procédés, syntaxiques plutôt que sémantiques, que Gabrielle Roy crée la résonance signifiante qui est le propre de tout texte véritablement littéraire.

À cet égard, il faut parler des métaphores. Certaines sont bien connues : celles qui assimilent Jean au vent, à l'hiver, au maître muni d'une cravache, alors que Florentine est la neige docile, mais aussi le printemps, par exemple dans cette réflexion que se fait Jean : *Florentine... Florentine Lacasse..., moitié peuple, moitié chanson, moitié printemps, moitié misère...* (p. 29). Voilà bien des moitiés, pourrait-on dire, mais elles se regroupent deux par deux : peuple/chanson, printemps/misère, et forment une sorte de chiasme (négatif-positif-positif-négatif). Florentine est un printemps par toute la part de jeunesse et d'amour (de « chanson ») en elle, et cette part sera sacrifiée après le départ de Jean et la résignation à la vie pratique.

Florentine est aussi comparée implicitement, comme ses pareilles, à une phalène qui *se brûl*[e] *à de pauvres petits feux d'amour factice* (p. 12). L'image annonce la perte de soi, ultimement la mort, tout en faisant de l'homme le principe de cette destruction. Ce qu'on remarque dans cette métaphore, comme dans les précédentes, ce n'est pas tant son audace que son intégration à l'univers représenté. Que Jean soit l'hiver et Florentine le printemps, cela cadre très bien avec une action qui se déroule à la fin de l'hiver et au début du printemps, où la dure saison disparaît pour laisser la saison nouvelle seule avec elle-même.

L'intégration de la métaphore au cadre romanesque se marque aussi par une tendance à s'effacer au profit de l'idée signifiée, ce que fait apparaître la comparaison des éditions successives. L'exemple le plus frappant est sans doute la métaphore du cirque, dans la discussion d'Emmanuel avec les habitués du petit restaurant de la mère Philibert. Réduite à peu de chose depuis l'édition française de 1947 — la société est comparée à un cirque dont les gens voudraient *casser leurs barreaux pis* […] *s'en aller dans la vie* (p. 61) —, cette image était plus longuement développée dans les premières éditions (Pascal et Beauchemin). L'auteure a peut-être voulu atténuer le pittoresque d'une métaphore qui risquait de faire trop « littéraire », ou de distraire le lecteur des réalités quotidiennes représentées.

On remarque le même souci de gommer le pittoresque dans le passage qui raconte la conversion de Florentine au réel, au cours de la douloureuse nuit chez Marguerite. *Il lui sembla que son cœur durant cette nuit avait passé sous des instruments aigus de pierre et de fer, et qu'enfin il était devenu dur comme une roche* (éd. Flammarion, p. 331) devient, dans la toute dernière édition : *Il lui sembla avoir été soumise au cours de la nuit à des traitements si cruels que son cœur, à la fin, en était devenu comme insensible* (p. 282). L'auteure a-t-elle jugé la métaphore de la pierre et de la roche de mauvais goût, ou peu cohérente, ou redondante ? Toujours est-il que l'imaginaire trouve moins son compte dans la leçon définitive.

Dans une étude récente, Micheline Cambron a montré que la métaphore dans *Bonheur d'occasion* est étroitement liée à l'univers même qu'elle s'attache à représenter, c'est-à-dire la ville, caractérisée par la fabrication et le faux-semblant[*]. Cette tendance de l'imaginaire romanesque,

---

[*] Micheline Cambron, « La ville, la campagne, le monde : univers référentiels et récit », *Études françaises*, vol. 33, n° 3, Montréal, Presses de l'Université de Montréal, 1997, p. 23-35, p. 28-29.

sans doute conforme à l'esthétique réaliste de Gabrielle Roy, explique le peu d'éclat et la relative rareté des figures sémantiques, qui ont pu amener certains lecteurs à conclure à une absence de style. Or, le travail de l'écriture est loin de se limiter à l'élaboration de métaphores. Il est aussi affaire de procédés syntaxiques, de rythme, et surtout d'habileté à faire sentir la réalité intime du personnage, ou la couleur du temps, du lieu. Il consiste aussi à créer des résonances entre les divers niveaux et registres de la représentation, et des parallélismes parfois subtils entre les caractères et les situations, tels ceux que signale Jacques Blais dans « L'unité organique de *Bonheur d'occasion** ».

La langue des dialogues

Les personnages de *Bonheur d'occasion* appartiennent au milieu populaire, et ils s'expriment dans la langue de leur milieu. Au début de la Révolution tranquille (vers 1960), on a baptisé *joual* le franco-québécois de la région de Montréal, et on sait que, quinze ou vingt ans après la parution du roman de Gabrielle Roy, les jeunes écrivains du mouvement Parti pris, bientôt suivis par d'autres tels un Michel Tremblay ou un Victor-Lévy Beaulieu, ont revendiqué cette langue de la misère et de l'aliénation et en ont fait le véhicule de leur inspiration, tant en poésie (voir Gérald Godin) qu'en prose.

Gabrielle Roy ne recherche pas le vérisme en littérature, mais son souci d'authenticité l'oblige à rendre compte de la langue populaire telle que la parlent ses personnages. Aussi, ses dialogues, sans sombrer dans le calque pur et simple de l'oralité, comportent des traits judicieusement choisis qui permettent l'évocation à la fois d'une certaine naïveté de la pensée ou de la culture (au sens large — il n'est pas question, ici, de culture littéraire), et de l'expressivité individuelle, en même temps que des ressources linguistiques dont disposent les locuteurs. Respectueuse du milieu qu'elle peint, Gabrielle Roy évite toute expression crue ou vulgaire. Par exemple le sacre,

---

* Jacques Blais, « L'unité organique de *Bonheur d'occasion* », *Études françaises,* février 1970, Montréal, Presses de l'Université de Montréal, p. 25-50.

si typique de la conversation courante chez tant de Québécois, est rigoureusement exclu des dialogues. *Cré bateau, ça va mal en Norvège !* s'exclame Sam Latour (p. 250), dont le juron bon enfant est vraisemblable à cette époque fort catholique, mais on en imagine de plus retentissants, au moins dans la bouche des chômeurs qu'il sert. Son *acré gué* (p. 251), où l'on peut lire un adoucissement de « sacré Dieu », peut se rapprocher davantage du sacre, mais sans plus.

L'utilisation d'anglicismes courants (*Le truck me coûte rien* [p. 179]), de tournures de la langue parlée (*Beau dommage qu'il me le laisse !* [*ibid.*]), des abréviations, soit de phonèmes, soit de mots-outils ([*ne*]… pas), est chose fréquente, surtout dans la bouche des personnages les plus pittoresques, comme Alphonse (*Avez-vous déjà marché, vous autres,* su *la rue Sainte-Catherine, pas une cenne dans vo*t' *poche, et regardé tout ce* qu'y *a dans les vitrines ?* [p. 58]). Jamais, cependant, la lisibilité de l'énoncé n'est compromise, comme ce sera le cas dans la littérature « jouale » des années soixante, par agression délibérée. L'essentiel de la formulation reste bien conforme au code commun à l'auteure et au lecteur.

Pour conclure sur l'écriture de *Bonheur d'occasion,* soulignons qu'elle est en constante conformité avec le contenu, où se confrontent et parfois s'affrontent, comme nous l'avons vu, le clos (cercle) et l'ouvert (droite) ; et telle est la phrase dans ce roman, à la fois précise, soucieuse de détails réalistes, soit dans l'évocation du milieu, soit dans la peinture de l'intériorité, et en même temps capable de vibration, d'échappée dans cet espace indéfini vers lequel s'élance le désir des êtres.

Application

- Gérard Genette appelle « syllepse » la figure narrative qui consiste à réunir dans un même ensemble des évocations renvoyant à des époques différentes, sans souci d'ordre chronologique. Ce qui fait l'unité de la représentation est d'ordre thématique ou affectif. Un très bel exemple de syllepse nous est donné dans le récit de l'accouchement de Rose-Anna, au chapitre XXXI. Cet émouvant passage est chargé de suggestion. Montrez quels procédés syntaxiques et sémantiques sont mis en œuvre pour annoncer la syllepse puis lui donner sa pleine résonance.

Des mains fortes l'aidaient, l'humiliaient profondément. Mais sa pensée, par instants, détachée du présent, flottait, s'en allait, cherchant des souvenirs épars. Dans les années passées, elle coulait, filait comme un bateau à la dérive qui aperçoit le paysage à reculons, très vite, parfois toute une vaste courbe, parfois un seul point de la rive, clair, précis, saillant. Elle fuyait sur ce bateau emporté, redescendant à une allure vertigineuse ce courant de sa vie qu'elle avait monté si lentement, au prix de si grandes difficultés, et des choses qu'elle avait à peine remarquées au cours du premier voyage lui apparaissaient nettement. Mais tout défilait sans s'ordonner et trop vite pour qu'elle s'y reconnût. Et plus les visions se mêlaient, se superposaient, moins elle comprenait. Il y avait elle, troublée, radieuse, très douce, fiancée à Azarius. Et revoyant cette jeune fille vêtue de mousseline claire, certain jour d'été, au bord du Richelieu limpide, elle eût pu lui sourire vaguement comme à une étrangère dont la rencontre est agréable, sans importance, purement fortuite. Et puis, il y avait elle tout aussitôt, soudain vieillie, qui acceptait le sacrifice d'Eugène… Mais non, elle luttait contre Eugène. Elle luttait pour un peu d'argent. Un peu d'argent qu'il lui enlevait et avec lequel elle devait acheter des vêtements, de la nourriture. Et elle était de nouveau sur la rive du Richelieu : sa robe d'été bruissait encore au vent léger de là-bas et ses

cheveux emmêlés, sentant le foin, les fleurs, lui fouettaient le visage...
Mais voici qu'elle marchait, marchait par les rues du faubourg, cherchant
une maison où elle pourrait accoucher... Et puis, il fallait se hâter de finir
une robe de mariage. Pour Florentine qui allait épouser Emmanuel?...
Non, c'était avant le départ de Florentine, c'était au temps où ils étaient
secourus par l'assistance publique... Elle cousait pour apporter sa part
aux dépenses du ménage... Il ne fallait pas être longtemps malade... Elle
perdrait ses clientes... Mademoiselle Élise voulait sa robe tout de suite...
Mon Dieu, il fallait pourtant se lever et achever cette robe... Le brusque
effort qu'elle tenta déchaîna une vague de douleur aiguë. Maintenant, elle
était penchée sur un lit d'hôpital. Qui donc allait mourir? Qui donc souf-
frait tant? Où était-elle? Daniel? Ne pouvait-elle rien pour calmer la
douleur de cet enfant? Ou la sienne? Leurs souffrances semblaient s'être
réunies, fondues dans sa propre chair... Et puis, un faible cri lui parvint.
Elle s'abattit sur l'oreiller. (p. 382-383)

•   Au chapitre XXVII, dans les propos d'Alphonse, relevez les marques
de la langue parlée et montrez comment elles servent l'expressivité
peu commune du discours du personnage (faites porter le commen-
taire sur une page ou deux).

4
LE FOND ET LA FORME

La distinction traditionnelle entre le fond et la forme reste sans doute utile, ne serait-ce que pour montrer que l'un n'existe pas sans l'autre ; que la forme, dans une œuvre réussie, est toujours chargée de signification ; et que le contenu suscite les techniques aptes à le *réaliser* de façon inventive.

La dynamique fond-forme se manifeste à tous les niveaux du texte, depuis l'échelle la plus petite (la phrase) jusqu'à la plus vaste. À cet égard, il est un peu arbitraire d'isoler un ou quelques procédés et de leur faire porter le poids de la démonstration. Tous concourent, chacun à sa façon, à la réussite du texte qui est affaire, indissociablement, de contenu et d'expression (ces termes, dans les études récentes, remplacent avantageusement les précédents) et cela, dans la mesure même où tout renvoie à tout.

À l'échelle la plus vaste, on peut réfléchir sur le principe de composition qui sépare le roman en deux parties à peu près égales. Le roman compte trente-trois chapitres, et c'est à la fin du chapitre XVI que Florentine se donne à Jean, au chapitre XVII que Jean abandonne celle qu'il vient de mettre enceinte. Ainsi prend fin, en plein milieu du livre, l'intrigue centrée sur la sphère individuelle. Or, les événements de la fin du roman font écho, au niveau de la sphère familiale, à ceux que je viens d'évoquer. L'accouchement de Rose-Anna (chapitre XXXI) annonce, en quelque sorte, celui de Florentine, et il est immédiatement suivi du départ d'Azarius (chapitres XXXII et XXXIII). La femme est assignée à son devoir de maternité, et l'homme… déguerpit. La logique qui régit les relations entre les enfants se transmet aux parents et assure ainsi le triomphe de l'incommunicabilité entre un univers masculin réglé par la fuite et un univers féminin régi par la misère.

Ce fait de structure concerne à la fois le contenu et l'expression, puisqu'il touche au destin des personnages en même temps qu'à la disposition de la matière du texte.

De même, on pourrait mettre en relation la forme indifférenciée des chapitres (seulement numérotés — ne comportant ni titres ni épigraphes ; ne présentant pas de nets contrastes pour la longueur ; se succédant sans interruption du début à la fin ; et non regroupés en parties) avec le thème omniprésent du mouvement affectant toute chose. En effet, qu'il s'agisse des personnages masculins ou des personnages féminins et bien que ces derniers soient, plus que les autres, voués à l'enfermement dans le réel et le devoir, les êtres nous sont très souvent représentés en état de marche. L'existence est une progression inéluctable vers l'inconnu, tout comme les chapitres sont des jalons vers la réalisation du destin narratif, et ces jalons portent des marques d'identification aussi impersonnelles que les chiffres du calendrier.

Voyons comment les choses se passent — et passent ! Dans le premier chapitre, Florentine sert ceux qui se présentent au comptoir du casse-croûte, dont Jean. Tout grouille autour d'elle, et elle espère qu'*une halte se produi*[ra] *et que sa vie y trouv*[era] *son but* (p. 9). C'est dans ce climat de fébrilité, d'agitation perpétuelle qu'elle cherche à donner un sens à sa vie amoureuse.

Au chapitre II, Jean rentre chez lui à pied après le travail, hanté par la pensée de Florentine. Il cherche ensuite à se mettre au travail, mais sans succès tant la curiosité le tient ; et il se rend au rendez-vous qu'il a fixé, en se gardant bien de se montrer. Plusieurs pages sont employées à décrire les rues que parcourt le jeune homme, ainsi que son goût de l'aventure. On pourrait interpréter son refus de se montrer à Florentine comme un besoin de rester libre pour les sollicitations de la rue, de la route à plus proprement parler, plutôt que de céder au piège de la romance, identifié au cinéma Cartier.

Au chapitre VII, Rose-Anna, malgré sa grossesse avancée, se met *su le chemin pour trouver un logement* (p. 93). Elle parcourra tout le quartier, à la recherche de l'impossible bonne affaire, faisant une brève halte à l'église puis (ch. IX) au casse-croûte de Florentine. Le nomadisme obligé de la bonne mère de famille — qu'on retrouvera plus loin à la poursuite d'un emploi pour Azarius (ch. XII), puis sur le chemin de l'hôpital où on a transporté le petit Daniel (ch. XVIII) —, a quelque chose de paradoxal puisqu'il touche l'être sédentaire par excellence, celui autour duquel s'édifie toute la vie familiale. Par ailleurs, dans ce congé qu'elle s'accorde à Saint-Denis (ch. XV), Rose-Anna est condamnée à rester à la maison plutôt que de suivre les autres à l'érablière, objet de si profonds désirs. Le désir de bonheur et d'enfance qu'elle garde intact au fond d'elle, malgré la monotonie de sa vie, elle doit y renoncer même lorsqu'elle est tout près de le réaliser.

Au chapitre XI, Emmanuel raccompagne Florentine chez elle, après la soirée de danse, ce qui nous rappelle une démarche semblable de Jean au chapitre VI, à la suite d'un repas au restaurant. La promenade amoureuse n'a nullement le même sens pour la jeune fille, mais on voit le mouvement lié, dans l'un et l'autre cas, à la rêverie sentimentale, et c'est Emmanuel, dans le dernier passage, qui affirme son amour, un amour qui ouvre aussitôt sur un départ : *Je ne te reverrai pas avant de partir, Florentine. Je pars ce soir. Mais à partir de maintenant, t'es mon amie de fille, hein ?* (p. 151). *Je pars*, et *à partir…* Je pars, et tu m'aimes. L'amour est quelque chose d'essentiellement transitif.

Autres exemples de marche : d'abord, celle de Jean, après qu'il est tombé dans le piège où l'a attiré Florentine. Le soir même, il parcourt au hasard le quartier et prend la décision de fuir (ch. XVII) : de fuir celle qui représente le risque de l'enlisement dans une condition misérable, et de fuir *son piétinement, ici, dans Saint-Henri* (p. 222).

Florentine, qui redoute une grossesse et que la fuite de Jean désespère, marche longuement à son tour dans les rues de Saint-Henri, ce qui l'amène à espérer qu'elle s'est trompée sur son état et qu'elle pourra reprendre sa vie tranquille auprès de sa mère, à la maison (ch. XXI). La marche conduisait Jean à la fuite, réflexe masculin, et ramène Florentine chez elle — où elle trouvera cependant la plus amère des désillusions, avec l'installation des nouveaux locataires et la découverte d'une Rose-Anna effondrée. La marche catalyse les attitudes, rendant chacun à son destin.

La plus longue promenade est le fait d'Emmanuel, revenu en permission (ch. XXV à XXVIII). J'ai commenté plus haut ce périple, qui commence par une visite chez les Lacasse et se termine sur les hauteurs de Westmount. D'une rencontre à l'autre, Emmanuel se charge de réflexions de plus en plus lourdes sur son milieu, sur la paix, la guerre, le monde même, et il fait l'effet de gravir un véritable calvaire, avec ses stations douloureuses. Au terme de sa montée, il vit une sorte de crucifixion intérieure, puis échappe à son supplice grâce à la pensée de Florentine. Là, il retrouve enfin, au cœur de ses affections, celle qu'il aime. Il la retrouve physiquement au chapitre suivant (ch. XXIX), où une balade le long du canal de Lachine aboutit à des projets de mariage. Là encore, la marche mène à un rendez-vous avec le destin, tant pour le jeune homme que pour la jeune fille.

Pour résumer, retenons le climat d'itérativité de l'action de détail, qui se marque aussi dans le fait que même les lieux ont souvent, et peut-être toujours, un caractère provisoire : les restaurants sont des casse-croûte où l'on accommode la cohue, sans cesse renouvelée, avec des repas rapides ; le logis, qui devrait être un havre de tranquillité et de sécurité, un point fixe dans l'existence où le retour soit toujours possible, doit être abandonné tous les ans par la famille impécunieuse ; la maison où vit la mère de Rose-Anna à la campagne fait l'objet d'une unique visite décevante ; l'hôpital est un lieu de passage pour l'enfant qui vient y mourir, etc.

Toutes ces actions s'entrecroisent dans un récit à la fois un et pluriel : un par le sens de l'écoulement continu des choses, des destins, le flux d'un vécu impossible à contenir ; et pluriel par la diversité représentée. Les trente-trois chapitres qui séparent en segments à peu près égaux cette matière où se conjuguent les dimensions individuelle, familiale, sociale et mondiale, ramenées à de mouvantes perspectives, évoquent peut-être parodiquement les années du Christ, c'est-à-dire du Sauveur, alors que le roman montre plutôt l'absence et l'impossibilité du salut, sinon dans ces bonheurs d'occasion qui sont vite passés et qu'il faut payer très cher.

Application

- Choisissez un chapitre du roman et montrez en quoi les techniques de composition (façon d'amener l'élément dramatique, de présenter ou d'éclairer les personnages, de mettre en place les circonstances de temps et de lieu, d'utiliser plusieurs types de focalisation et de les agencer, de privilégier certains détails…) sont conformes (ou non?) aux intentions profondes du texte.

- Les thèmes de *Bonheur d'occasion*, à quelque niveau qu'ils se situent, sont sous-tendus par une opposition fondamentale entre deux principes, le clos et l'ouvert, qu'on peut symboliser par les deux formes géométriques élémentaires, le cercle et la droite. L'homme et la femme incarnent cette dualité. Si les contraires peuvent fusionner, par exemple dans le motif de la vague qui exprime l'espoir d'une rencontre de l'autre, ce n'est que de façon temporaire, et le roman se termine non sur la résolution de l'opposition, mais sur sa reconduction.

- De la même façon, rêve et réalité, qui reprennent aussi l'opposition entre l'ouvert et le fermé, et qui rejoignent la thématique du printemps et de l'hiver, du jaillissement vital et de la retombée, sont des aspects du monde incompatibles. Rose-Anna, Florentine et tant d'autres personnages voudraient en vain les faire coexister en eux. Azarius est condamné à être le rêveur, incapable d'assumer ses responsabilités ; et sa femme, sa fille aussi sont rejetées du côté des terribles exigences pratiques. Emmanuel, qui voudrait tant *épouser* (dans tous les sens du mot) la réalité, se bat pour des chimères morales ; et Jean Lévesque, le non-rêveur, s'enferme dans un projet de réussite sociale et financière qui représente sans doute un élargissement par rapport à l'existence impécunieuse des chômeurs de Saint-Henri, mais aussi un cul-de-sac sur le plan affectif.

- Roman de l'intériorité et roman social en même temps, *Bonheur d'occasion* exploite beaucoup la focalisation interne, variable ou fixe, mais l'auteure ne répugne pas, à l'occasion, à faire intrusion dans son texte pour pousser plus loin l'analyse, voire juger ses personnages. L'écriture du roman, à cet égard, avec son refus du brio et du *littéraire,* sa sincérité totale, réalise magnifiquement l'intégration des dimensions du « fond » et de la « forme » ou, comme on dit plutôt aujourd'hui, du contenu et de l'expression.

SYNTHÈSE

Premier sujet

Titre : L'écriture du quotidien

On définit souvent le réalisme comme la peinture du quotidien. De quelle façon celui-ci est-il représenté dans le roman ? Quelle place occupe-t-il ? Quelles dimensions de l'être humain sont-elles engagées dans cette évocation de la vie immédiate ?

Suggestion de plan

Introduction

a) Brève interrogation théorique sur les relations entre réalisme et peinture du quotidien. Celle-ci forme-t-elle le tout de celui-là ? Par quels aspects ou à quels niveaux se réalise la dimension du quotidien ?

b) Caractères et importance de la réalité quotidienne dans *Bonheur d'occasion*. Relevé sommaire des principaux *lieux* où elle apparaît.

c) Annonce des étapes du développement : les aspects du quotidien.

Développement

1. La peinture de l'immédiat

a) Les objets et les lieux familiers. Analyse d'un ou deux passages représentatifs.

b) Les situations de la vie courante. *Idem.*

2. Psychologie quotidienne, ou la conscience immédiate de soi et des autres

a) L'intériorité

b) La communication intime

    1° amoureuse

    2° filiale (Rose-Anna et sa mère ; Florentine et Rose-Anna)

3. Sociologie quotidienne, ou le cauchemar de la vie au jour le jour

a) La relation de travail

b) La misère, le chômage

c) La famille disloquée

d) La guerre

Conclusion

Reprise dynamique des grandes lignes de l'argumentation et élargissement des perspectives (on retrouve la question théorique de l'introduction — réalisme et quotidienneté —, ou on précise la situation de *Bonheur d'occasion* dans la tradition romanesque…).

Deuxième sujet

Titre : Bonheur d'occasion *et le « grand réalisme »*

Dans son interprétation de *Bonheur d'occasion* inspirée de Lukács, Gilles Marcotte parle de « grand réalisme » tout en affirmant que l'époque exprimée par le « type » ou personnage central, Florentine, est petite, à l'instar de Florentine elle-même : *Du point de vue qui nous occupe, c'est la* *situation qui commande, et l'apparition d'un personnage de grande taille dans le Montréal canadien-français des années 1940 aurait été un mensonge*.*

Que vous en semble ? Peut-on soutenir l'idée qu'un contenu social et humain « médiocre » peut être le support du « grand réalisme » ? Sinon, faut-il récuser les perspectives de Lukács ? Et dans quelle mesure Florentine peut-elle être considérée comme le personnage central ?

---

* Gilles Marcotte, « *Bonheur d'occasion*, le réalisme, la ville », dans *Écrire à Montréal*, p. 134.

Sujet d'exposé

Le titre du livre attire l'attention sur le désir de bonheur qui habite les personnages, ainsi que sur la difficulté de le réaliser. Montrez les différentes formes que revêt ce désir pour les principaux personnages, et les obstacles rencontrés.

Suggestion de plan

Le plan s'impose de lui-même : il s'agit d'examiner, pour les principaux personnages tour à tour (Florentine, Rose-Anna, Jean Lévesque, Azarius, Emmanuel), les formes de bonheur qui les ont sollicités. Il peut y en avoir une ou plusieurs.

On essaiera de montrer, en conclusion, les parentés thématiques (ressemblances et, éventuellement, divergences) entre ces matérialisations du désir de bonheur.

Sujet de débat

Dans un texte reproduit ci-dessous (« Citations et critiques »), François Ricard explique le succès de *Bonheur d'occasion,* au moment de sa parution, par la possibilité qu'il offrait au lecteur « de se réconcilier avec sa propre réalité ». Est-ce encore ce qui fait l'intérêt du roman ? Le réalisme de ce texte, tel qu'il est investi par l'écriture et converti en représentation non seulement de l'être social, mais de l'humain, nous parle-t-il encore aujourd'hui ?

Deux citations résument bien la nature du roman et les causes de son succès.

Auteur d'une récente histoire littéraire, Laurent Mailhot écrit :

> *Bonheur d'occasion* (1945), protestation contre le chômage, la misère, la guerre, la condition féminine, n'a rien d'une thèse, surtout pas la dialectique. C'est un roman d'observation et d'atmosphère, d'une belle épaisseur, aux intrigues équilibrées, aux personnages solides — dont le principal est à la fois la mère Lacasse et le quartier Saint-Henri avec ses métiers féminins (filatures, entrepôts, gardiennage, entretien, très petit commerce). [...] Après chaque passage du train, le tourbillon de suie et de fumée retombe sur les taudis. On déménage, on marche ; on ne sort pas du cercle. Le pessimisme est ici chaleureux, tendre, détaillé.
>
> Laurent Mailhot, *La Littérature québécoise*, Montréal,
> coll. « Typo », 1997, 451 p., p. 89-90.

François Ricard, dans son survol de l'œuvre de Gabrielle Roy, écrit aussi ce qui suit :

> Que contenait *Bonheur d'occasion* qui puisse expliquer un succès si retentissant dans le Québec de cette époque ? Certes, une certaine facilité de l'œuvre et quelque tendance mélodramatique y furent sans doute pour beaucoup, de même qu'elles assurèrent au théâtre de Gratien Gélinas ou même à celui de Marcel Dubé une bonne part de leur popularité. Mais la vraie raison me semble résider plutôt dans la possibilité nouvelle que ce roman offrait au lecteur québécois de se réconcilier enfin avec sa propre réalité. Pour la première fois, en quelque sorte, la littérature se tournait vers le présent et vers la vie immédiate, au lieu d'illustrer des chimères et de célébrer des dieux absents. C'est l'homme montréalais,

tel que l'histoire et la géographie le modelaient, tel aussi qu'il se percevait confusément lui-même, dont ce roman faisait d'emblée sa matière. [...] Autrement dit, la fiction s'incarnait, et l'œuvre, en convertissant le lecteur à sa propre conjoncture — même mauvaise, surtout mauvaise —, le raccommodait avec lui-même, le désaliénait.

François Ricard, *Gabrielle Roy*, Montréal, Fides,
coll. « Écrivains canadiens d'aujourd'hui », 1975, 192 p., p. 54.

Gabrielle Roy et le Nouveau Roman

Dans un des rares témoignages qu'elle ait livrés sur son métier d'écrivain, Gabrielle Roy répond ainsi à une question sur les rapports entre le roman et son époque :

Q. : Le roman contemporain est-il le miroir fidèle de notre époque ?

R. : Tout dépend, car, me semble-t-il, il y a plus d'une tendance à l'intérieur du roman contemporain. Pour ce qui est du roman à la Robbe-Grillet, je ne l'ai peut-être pas assez fréquenté pour m'en faire une idée équitable. Sarraute, Claude Simon, Marguerite Duras, d'autres encore me paraissent tenir compte d'un aspect au moins du monde actuel, par ce foisonnement, ce chatoiement, cet éparpillement des impressions, cette dislocation aussi du temps qui se trouve dans leur œuvre, à l'image de la sollicitation incessante dont nous sommes l'objet en ces temps d'aujourd'hui et qui fait que l'attention ne se fixe plus qu'avec peine sur des buts durables, mais oscille au gré des sensations. Il n'y a plus de logique, plus même de sentiments, mais une espèce de tournoiement à vide de couleurs, d'odeurs, de choses. Cela fait le charme de ce genre... et en indique les limites. Passé l'éblouissement de la première lecture, il reste peu en effet à quoi s'accrocher pour la rappeler à la mémoire. Mais notre époque ne tend-elle pas à se satisfaire justement de ces émotions-chocs, vite perçues, vite oubliées ? À ce compte, le roman nouvelle vague me paraît assez bien refléter quelque chose du moins d'aujourd'hui. Cependant il n'y a peut-être que certains intellectuels à se reconnaître vraiment dans le genre. J'ai donc l'impression que l'on verra bientôt sans doute un retour au roman — gardant quelque chose probablement des recherches actuelles — de puissant intérêt humain et à personnages véritables, sans quoi, vraiment, l'effort ne me semble pas en valoir la peine.

Gabrielle Roy, « Gabrielle Roy. Témoignages », dans *Le Roman canadien-français, Évolution, Témoignages, Bibliographie*, Montréal et Paris, Fides, coll. « Archives des Lettres canadiennes », 1964, 458 p., p. 304.

La théorie de Georg Lukács sur le «grand réalisme»

Dans ce que Lukács appelle « le grand réalisme », et qui est donc pour lui la seule forme acceptable du roman, celui-ci doit se trouver dans un rapport globalement positif avec la totalité, c'est-à-dire avec une vision de l'histoire qui à la fois contient et transcende les forces sociales à l'œuvre dans une époque donnée. Le romancier, le vrai romancier, non seulement adhère à son époque et en épouse les conflits essentiels, mais encore éclaire le présent et lui donne une dimension épique en y faisant jouer les grandes forces qui gouvernent le développement historique. Ce réalisme-là n'a donc rien à voir avec le réalisme du détail, de la « réalité moyenne », l'exactitude photographique ; il est avant tout donneur de sens, et le sens ne peut naître que de l'exaspération des contraires, des forces antagonistes. Il ne demande pas non plus le sacrifice de l'individuel au collectif : la « totalité mouvante et objective » dont parle Lukács se situe à égale distance de l'objectivisme zolien et du subjectivisme, du psychologisme (je laisse parler Lukács) flaubertiens. C'est à la jonction du collectif et du personnel qu'apparaît le « type », c'est-à-dire le personnage central, l'incarnation même du mouvement historique, qui représente fidèlement ce mouvement en même temps qu'il demeure une personne de plein droit, une individualité pleinement affirmée. Le « type » selon Lukács se distingue fortement, par le lien tout intime qu'il a avec l'histoire, du « type » classique (celui de l'avare, du misanthrope, et cetera) qui, lui, est abstrait, relève d'une essence inchangeable. Le type, c'est « l'ensemble de l'évolution sociale [...] lié à l'ensemble d'un caractère » [...].

Cette nécessité de l'engagement total, qui n'est pas sans rappeler le Sartre des *Mains sales*, le critique hongrois ne l'impose pas seulement au

« type », au personnage, mais aussi bien à l'ensemble de l'œuvre et à l'auteur lui-même — bien que celui-ci n'ait pas à en être pleinement conscient. Zola, malgré ses bonnes intentions, n'y est pas arrivé, parce que l'époque ne le permettait pas. Le grand roman réaliste ne peut être créé que dans une époque à son image pour ainsi dire, une époque de transition, déterminée par une évolution historique perceptible. « Toute grande époque, écrit Lukács, est une époque de transition. » Ainsi le roman ne juge pas moins l'époque, que l'époque ne juge le roman.

Gilles Marcotte, «*Bonheur d'occasion,* le réalisme, la ville », dans *Écrire à Montréal,* Montréal, Boréal, coll. « Papiers collés », 1997, p. 129-130.

5 BIBLIOGRAPHIE

Cette brève bibliographie contient essentiellement les ouvrages les plus importants cités en cours d'analyse. On trouvera une bibliographie beaucoup plus complète sur *Bonheur d'occasion* dans le *Dictionnaire des œuvres littéraires du Québec* (t. III, Montréal, Fides, 1982, p. 133-136) et, pour la période plus récente, un choix judicieux dans l'ouvrage de Patrick Coleman cité ci-dessous.

Jacques Blais, « L'unité organique de *Bonheur d'occasion* », *Études françaises,* vol. 5, nᵒ 1, février 1970, Montréal, Presses de l'Université de Montréal, p. 25-50.

André Brochu, « Thèmes et structures dans *Bonheur d'occasion* », dans *L'Instance critique,* Montréal, Leméac, 1974, p. 206-246.

André Brochu, « *Bonheur d'occasion* : la structure sémantique », dans *La Visée critique,* Montréal, Boréal, coll. « Papiers collés », 1988, 250 p.

Patrick Coleman, *The Limits of Sympathy: Gabrielle Roy's* The Tin Flute, Toronto, ECW Press, 1993, 100 p.

Gilles Marcotte, « *Bonheur d'occasion,* le réalisme, la ville », dans *Écrire à Montréal,* Montréal, Boréal, coll. « Papiers collés », 1997, 180 p., p. 127-135.

François Ricard, *Gabrielle Roy,* Montréal, Fides, coll. « Écrivains canadiens d'aujourd'hui », 1975, 192 p.

François Ricard, *Gabrielle Roy. Une vie,* Montréal, Boréal, 1996, 646 p.

« *Le Survenant* et *Bonheur d'occasion* : rencontre de deux mondes », *Études françaises,* vol. 33, nᵒ 3, hiver 1997-1998, Montréal, Presses de l'Université de Montréal, 145 p.

Table des matières

Deuxième partie. Étude de l'œuvre

MISE EN PAGES ET TYPOGRAPHIE :
LES ÉDITIONS DU BORÉAL

ACHEVÉ D'IMPRIMER EN AOÛT 1998
SUR LES PRESSES DE L'IMPRIMERIE AGMV MARQUIS,
À CAP-SAINT-IGNACE (QUÉBEC).